Karl May (1842 - 1912)

Karl May

Märchen und Visionen

KARL - MAY - VERLAG
BAMBERG · RADEBEUL

Märchen und Visionen
aus dem Spätwerk von Karl May

Fotografien und Gestaltung
von Timm Stütz

Ausgewählt und herausgegeben
von Hartmut Wörner

Fotografien und Gestaltung:
Timm Stütz
Herausgegeben von Hartmut Wörner

Druck und Bindung:
elanders GmbH, Waiblingen
ISBN 978-3-7802-3088-1

Inhalt

Das Märchen sagt, was es zu sagen hat;
Ob ihr es hört, das ist nur eure Sache.

Babel und Bibel
Karl May

Zum Verständnis

Karl May (1842 – 1912) faszinierte Generationen von Lesern mit seinen phantasievollen Abenteuererzählungen und schuf legendäre Helden wie Old Shatterhand und Winnetou. In seiner letzten Schaffensphase versuchte May mit einem neuen literarischen ‚Programm' sein Image als Unterhaltungs- und Jugendschriftsteller abzuschütteln. Er schuf komplexe symbolistische Romane von großer Bildkraft, die aber weder zu seinen Lebzeiten noch danach eine breite Leserschicht erreichten.
Das Credo seines gesamten Werks beschrieb der späte May mit dem Wort „Hakawati", zu deutsch: Märchenerzähler. Diese Bezeichnung steht für das Anliegen, mit künstlerischer Phantasie die Seele seiner Leser anzusprechen, um ihnen Anstöße zur Entwicklung zu einer humanen Haltung der Nächstenliebe zu geben. Von der schrittweisen Herausbildung des ‚Edelmenschen' erwartete der Pazifist May auch eine Aufhebung der Zersplitterung der Menschheit und damit die Lösung der gesellschaftlichen und politischen Probleme.
Welche Bedeutung May der Kunstform des Märchens in diesem Kontext beimaß, zeigen folgende Ausführungen in seinem Vortrag ‚Sitara, das Land der Menschheitsseele, ein orientalisches Märchen', den er am 8.12.1909 in Augsburg hielt:

„Was ist ein Märchen?

Es gibt irdische Wahrheiten und es gibt himmlische Wahrheiten. Die irdischen sind nicht schwer zu begreifen und nicht schwer innerlich zu verarbeiten. Die Wissenschaft, die auch ich hochachte, ist stets bemüht, sie derart zu begründen und zu beweisen, dass es unmöglich wird, sie zu bezweifeln. Die Wahrheiten aber, die an den Strahlen der Sterne vom Himmel zu uns niedersteigen, finden nicht so leicht und nicht so schnell das Verständnis, welches ihnen gebührt. Sie sind ja erdenfremd, und Fremde, besonders geistig oder seelisch Fremde, weist der gewöhnliche Mensch gerne von seiner Tür. Auch ist es überhaupt nicht jedermanns Sache, die Wahrheit bei sich aufzunehmen und sich von ihr in seiner falschen, trügerischen Behaglichkeit und Bequemlichkeit stören zu lassen. Kehrt so eine überall abgewiesene himmlische Wahrheit zu dem zurück, von dem sie ausgegangen ist, zu Gott dem Herrn, so lächelt er ihr gütig zu, nennt ihr den Namen eines Dichters, der wirklich Dichter ist, und spricht:

‚Steig wieder hinab und bitte ihn, dich in das unscheinbare Gewand des Märchens zu kleiden. Dann wird man dir allüberall nicht nur die Türen, sondern auch die Herzen öffnen. Und wo du kommst, und wo du gehst, wird dich der Sieg auf deiner Fahrt begleiten!'"

Die Kunstform des Märchens ist also für Karl May der Träger einer spirituellen Botschaft, die direkt zum Menschen sprechen und ihn zum Göttlichen führen soll. Die Botschaften des

‚Märchen von Sitara', das May seiner Autobiographie ‚Mein Leben und Streben' von 1910 als symbolische Interpretation seiner Biographie und seiner Literatur voranstellte, und der gleichnishaften, visionären Texte, die er ab 1899 in seine Romane einstreute, sind nach wie vor aktuell. Sie können auch im 21. Jahrhundert Menschen ansprechen und ihnen – als Gegenkonzept zur Logik der Konkurrenz, zu intoleranter Abgrenzung und zur ‚Konfliktlösung' durch Gewalt – Impulse zur Humanisierung vermitteln.

Die Modernität der tiefgründigen, metaphysisch aufgeladenen Texte Mays wird in diesem Buch besonders deutlich durch einen ‚Dialog' mit der modernen Fotografie. Mays Märchen ‚begegnen' hier der Kunst eines Fotografen unserer Zeit: Timm Stütz fängt, inspiriert vor allem durch Henri Cartier-Bresson (1908 – 2004), mit seinen Bildern die ungeschminkte Wirklichkeit des Lebens ein. Es geht in seiner Kunst darum, „das Leben und nichts anderes" zu zeigen, „unwiederholbare Augenblicke" einzufangen. Aber auch Surrealismus ist ihm nicht fremd. Bei oberflächlicher Betrachtung scheint dieser Ansatz in diametralem Gegensatz zu Mays literarischer Suche nach ‚ewigen Werten' zu stehen. Der Leser und Betrachter dieses Buches wird jedoch erfahren, dass sich in ihm zwei zutiefst durch die Liebe zum Menschen inspirierte Künstler ‚begegnen', deren kreatives Schaffen sich in Ausdruck und Ästhetik wechselseitig erklärt und befruchtet.

Hartmut Wörner

Hakawati ...

Das Märchen von Sitara

Karl May leitete seine Autobiographie ‚Mein Leben und Streben' (1910) mit einem Märchen ein, das sein Programm als Weltanschauungsschriftsteller verdeutlicht: das Streben nach einer Läuterung der einer Logik der egoistischen Gewalt verhafteten ‚Normalmenschen' (Ardistan) zu einer auf Nächstenliebe fußenden wahren Humanität (Dschinnistan).

Wenn man von der Erde aus drei Monate lang geraden Weges nach der Sonne geht und dann in derselben Richtung noch drei Monate lang über die Sonne hinaus, so kommt man an einen Stern, welcher Sitara heißt. Sitara ist ein persarabisches Wort und bedeutet eben „Stern".

Dieser Stern hat mit unserer Erde viel, sehr viel gemein. Sein Durchmesser ist 1700 Meilen und sein Aequator 5400 Meilen lang. Er dreht sich um sich selbst und zugleich auch um die Sonne. Die Bewegung um sich selbst dauert genau einen Tag, die Bewegung um die Sonne ebenso genau ein Jahr, keine Sekunde mehr oder weniger. Seine Oberfläche besteht zu einem Teile aus Land und zu zwei Teilen aus Wasser. Aber während man auf der Erde bekanntlich fünf Erd- oder Weltteile zählt, ist das Festland von Sitara in anderer, viel einfacherer Weise gegliedert. Es hängt zusammen. Es bildet nicht mehrere Kontinente, sondern nur einen einzigen, der in ein sehr tiefgelegenes, sümpfereiches Niederland und ein der Sonne kühn entgegenstrebendes Hochland zerfällt, welche beide durch einen schmäleren, steil aufwärtssteigenden Urwaldstreifen mit einander verbunden sind. Das Tiefland ist eben, ungesund, an giftigen Pflanzen und reißenden Tieren reich und allen von Meer zu Meer dahinbrausenden Stürmen preisgegeben. Man nennt es Ardistan. Ard heißt Erde, Scholle, niedriger Stoff, und bildlich bedeutet es das Wohlbehagen im geistlosen Schmutz und Staub, das rücksichtslose Trachten nach der Materie, den grausamen Vernichtungskampf gegen alles, was nicht zum eigenen Selbst gehört oder nicht gewillt ist, ihm zu dienen. Ardistan ist also die Heimat der niedrigen, selbstsüchtigen Daseinsformen und, was sich auf seine höheren Bewohner bezieht, das Land der Gewalt- und Egoismusmenschen. Das Hochland hingegen ist gebirgig, gesund, ewig jung und schön im Kusse des Sonnenstrahles, reich an Gaben der Natur und Produkten des menschlichen Fleißes, ein Garten Eden, ein Paradies. Man nennt es Dschinnistan. Dschinni heißt Genius, wohltätiger Geist, segensreiches unirdisches Wesen, und bildlich bedeutet es den angeborenen Herzenstrieb nach Höherem, das Wohlgefallen am geistigen und seelischen Aufwärtssteigen, das fleißige Trachten nach allem, was gut und was edel ist, und vor allen Dingen die Freude am Glücke des Nächsten, an der Wohlfahrt aller derer, welche der Liebe und der Hilfe bedürfen. Dschinnistan ist also das Territorium der wie die Berge aufwärtsstrebenden Humanität und Nächstenliebe, das einst verheißene Land der Edelmenschen.

Tief unten herrscht über Ardistan ein Geschlecht von finster denkenden, selbstsüchtigen Tyrannen, deren oberstes Gesetz

Tief unten herrscht über

Ardistan ein Geschlecht von finster denkenden, selbstsüchtigen Tyrannen ...

in strenger Kürze lautet: Du sollst der Teufel deines Nächsten sein, damit du dir selbst zum Engel werdest! Und hoch oben regierte schon seit undenklicher Zeit über Dschinnistan eine Dynastie großherziger, echt königlich denkender Fürsten, deren oberstes Gesetz in beglückender Kürze lautet: Du sollst der Engel deines Nächsten sein, damit du nicht dir selbst zum Teufel werdest!

Und so lange dieses Dschinnistan, dieses Land der Edelmenschen, besteht, ist ein jeder Bürger und eine jede Bürgerin desselben verpflichtet gewesen, heimlich und ohne sich zu verraten der Schutzengel eines resp. einer andern zu sein. Also in Dschinnistan Glück und Sonnenschein, dagegen in Ardistan ringsum eine tiefe, seelische Finsternis und der heimliche weil verbotene Jammer nach Befreiung aus dem Elende dieser Hölle! Ist es da ein Wunder, dass da unten im Tieflande eine immer größer werdende Sehnsucht nach dem Hochlande entstand? Dass die fortgeschrittenen unter den dortigen Seelen sich aus der Finsternis zu befreien und zu erlösen suchen? Millionen und Abermillionen fühlen sich in den Sümpfen von Ardistan wohl. Sie sind die Miasmen gewohnt. Sie wollen es nicht anders haben. Sie würden in der reinen Luft von Dschinnistan nicht existieren können. Das sind nicht etwa nur die Aermsten und Geringsten, sondern grad auch die Mächtigsten, die Reichsten und Vornehmsten des Landes, die Pharisäer, die Sünder brauchen, um gerecht erscheinen zu können, die Vielbesitzenden, denen arme Leute nötig sind, um ihnen als Folie zu dienen, die Bequemen, welche Arbeiter haben müssen, um sich in Ruhe zu pflegen, und vor allen Dingen die Klugen, Pfiffigen, denen die Dummen, die Vertrauenden, die Ehrlichen unentbehrlich sind, um von ihnen ausgebeutet zu werden. Was würde aus allen diesen Bevorzugten werden, wenn es die Andern nicht mehr gäbe? Darum ist es Jedermann auf das allerstrengste verboten, Ardistan zu verlassen, um sich dem Druck des dortigen Gesetzes zu entziehen. Die schärfsten Strafen aber treffen den, der es wagt, nach dem Lande der Nächstenliebe und der Humanität, nach Dschinnistan zu flüchten. Die Grenze ist besetzt. Er kommt nicht durch. Er wird ergriffen und nach der „Geisterschmiede" geschafft, um dort gemartert und gepeinigt zu werden, bis er sich vom Schmerz gezwungen fühlt, Abbitte leistend in das verhasste Joch zurückzukehren.

Denn zwischen Ardistan und Dschinnistan liegt Märdistan, jener steil aufwärtssteigende Urwaldstreifen, durch dessen Baum- und Felsenlabyrinthe der unendlich gefahrvolle und beschwerliche Weg nach oben geht. Märd ist ein persisches Wort; es bedeutet „Mann". Märdistan ist das Zwischenland, in welches sich nur „Männer" wagen dürfen; jeder Andere geht unbedingt zu Grunde. Der gefährlichste Teil dieses fast noch ganz unbekannten Gebietes ist der „Wald von Kulub". Kulub ist ein arabisches Wort; es bedeutet die Mehrzahl des deutschen Wortes „Herz". Also in den Tiefen des Herzens lauern die Feinde, die man, einen nach dem andern, zu besiegen hat, wenn man aus Ardistan nach Dschinnistan entkommen will.

LOŻA

Also in den Tiefen des Herzens lauern die Feinde ...

Und mitten in jenem Walde von Kulub ist jener Ort der Qual zu suchen, von dem es in „Babel und Bibel", Seite 78, heißt:
„Zu Märdistan, im Walde von Kulub
Liegt einsam, tief versteckt, die Geisterschmiede."

„Da schmieden Geister?"

„Nein, man schmiedet sie!
Der Sturm bringt sie geschleppt, um Mitternacht,
Wenn Wetter leuchten, Tränenfluten stürzen.
Der Hass wirft sich in grimmiger Lust auf sie.
Der Neid schlägt tief ins Fleisch die Krallen ein.
Die Reue schwitzt und jammert am Gebläse.
Am Blocke steht der Schmerz, mit starrem Aug
Im rußigen Gesicht, die Hand am Hammer.
Da, jetzt, o Scheik, ergreifen dich die Zangen.
Man stößt dich in den Brand; die Bälge knarren.
Die Lohe zuckt empor, zum Dach hinaus,
Und alles, was du hast und was du bist,
Der Leib, der Geist, die Seele, alle Knochen,
Die Sehnen, Fibern, Fasern, Fleisch und Blut,
Gedanken und Gefühle, alles, alles
Wird dir verbrannt, gepeinigt und gemartert
Bis in die weiße Glut — — —"

„Allah, Allah!"

„Schrei nicht, o Scheik! Ich sage dir, schrei nicht!
Denn wer da schreit, ist dieser Qual nicht wert,
Wird weggeworfen in den Brack und Plunder
Und muss dann wieder eingeschmolzen werden.
Du aber willst zum Stahl, zur Klinge werden,
Die in der Faust der Parakleten funkelt.
Sei also still!
Man reißt dich aus dem Feuer — —
Man wirft dich auf den Amboss — — hält dich fest.
Es knallt und prasselt dir in jeder Pore.
Der Schmerz beginnt sein Werk, der Schmied, der Meister.
Er spuckt sich in die Fäuste, greift dann zu.
Hebt beiderhändig hoch den Riesenhammer — — —
Die Schläge fallen. Jeder ist ein Mord,
Ein Mord an dir. Du meinst, zermalmt zu werden.
Die Fetzen fliegen heiß nach allen Seiten.
Dein Ich wird dünner, kleiner, immer kleiner,
Und dennoch musst du wieder in das Feuer — —
Und wieder — — immer wieder, bis der Schmied
Den Geist erkennt, der aus der Höllenqual
Und aus dem Dunst von Ruß und Hammerschlag
Ihm ruhig, dankbar froh entgegenlächelt.
Den schraubt er in den Stock und greift zur Feile.
Die kreischt und knirscht und frisst von dir hinweg
Was noch — — —“

„Halt ein! Es ist genug!“

„Es geht noch weiter, denn der Bohrer kommt,
Der schraubt sich tief ---“

„Sei still! Um Gottes willen!“
u. s. w. u. s. w.

So also sieht es in Märdistan aus, und so also geht es im Innern der „Geisterschmiede von Kulub“ zu! Jeder Bewohner des Sternes Sitara kennt die Sage, dass die Seelen aller bedeutenden Menschen, die geboren werden sollen, vom Himmel herniederkommen. Engel und Teufel warten auf sie. Die Seele, welche das Glück hat, auf einen Engel zu treffen, wird in Dschinnistan geboren, und alle ihre Wege sind geebnet. Die arme Seele aber, welche einem Teufel in die Hände fällt, wird von ihm nach Ardistan geschleppt und in ein um so tieferes Elend geschleudert, je höher die Aufgabe ist, die ihr von oben mitgegeben wurde. Der Teufel will, sie soll zu Grunde gehen, und ruht weder bei Tag noch bei Nacht, aus dem zum Talent oder gar Genie Bestimmten einen möglichst verkommenen, verlorenen Menschen zu machen. Alles Sträuben und Aufbäumen hilft nichts; der Arme ist dem Untergange geweiht. Und selbst wenn es ihm gelänge, aus Ardistan zu entkommen, so würde er doch in Märdistan ergriffen und nach der Geisterschmiede geschleppt, um so lange gefoltert und gequält zu werden, bis er den letzten Rest von Mut verliert, zu widerstreben.

Nur selten ist die Himmelskraft, die einer solchen nach Ardistan geschleuderten Seele mitgegeben wurde, so groß und so unerschöpflich, dass sie selbst die stärkste Pein der Geisterschmiede erträgt und dem Schmiede und seinen Gesellen aus dem Dunst von Ruß und Hammerschlag ruhig dankbar froh entgegenlächelt. Einer solchen Himmelstochter kann selbst dieser größte Schmerz nichts anhaben, sie ist gefeit; sie ist gerettet. Sie wird nicht vom Feuer vernichtet, sondern geläutert und gestählt. Und sind alle Schlacken von ihr abgesprungen, so hat der Schmied von ihr zu lassen, denn es ist nichts mehr an ihr, was nach Ardistan gehört. Darum kann weder Mensch noch Teufel sie mehr hindern, unter dem Zorngeschrei des ganzen Tieflandes nach Dschinnistan emporzusteigen, wo jeder Mensch der Engel seines Nächsten ist.

Aus: Mein Leben und Streben. Selbstbiographie. Freiburg 1910.

Dschinnistan ... ein der Sonne kühn entgegenstrebendes Hochland ...

Am Jenseits

Auf dem Weg nach Mekka begegnet die Reisegruppe um Kara Ben Nemsi und Hadschi Halef Omar in der Wüste dem blinden Seher ‚Münedschi', der in einer nächtlichen Vision von dem Engel ‚Ben Nur' (Sohn des Lichts) an den Grenzbereich zwischen Diesseits und Jenseits geführt wird.

Es ist unmöglich, die Stimmung zu beschreiben, in welcher ich mich jetzt befand. Ueber uns der mit einem nicht eigentlich sicht- aber doch wahrnehmbaren Schleier bedeckte Himmel, an welchem nur die Sterne bis mit vierter Größe zu sehen waren, um uns die im unzureichenden Scheine dieser Sterne liegende Wüste mit ihrer geheimnisvollen Verschwiegenheit, vor uns der rätselhafte Mann, der für das Diesseits blind war, aber für das Jenseits sehend zu sein behauptete, und in uns die Ahnung der Enthüllung und Beleuchtung einer bisher unerforschten Dunkelheit! Aber wo lag dieser „Ort der Sichtung" von welchem wir gehört hatten? Wirklich und wahrhaftig im Jenseits, oder in der Einbildung eines phantastischen, vielleicht gar geisteskranken Menschen? Worauf würden wir die versprochene Aufklärung zu beziehen haben? Auf einen der höchsten und wichtigsten unserer Glaubenssätze oder auf die Träumereien und Truggebilde eines hirn- und nervenleidenden Muhammedaners? Ich war im höchsten Grade gespannt, und Halef und der Perser waren dies nicht weniger als ich, denn ihnen als Orientalen war für solche Situationen wohl mehr Empfänglichkeit gegeben als mir, dem weniger glühend fühlenden und kälter denkenden Europäer.

Nun bleib an meiner Seite stehen, und sag, was du erblickst!

gar umkehren kann, außer Gott erlaubt es ihm. Sprich weiter!"

„Es liegt ein weites, ebenes, ödes Land vor mir," folgte der Blinde dieser Aufforderung, „von einem tief und schwarz gähnenden Abgrund begrenzt, über den eine Brücke hinüberführt, deren Breite kaum die Schärfe eines Rasiermessers beträgt."

„Das ist Es Ssiret, die Brücke des Todes," erklärte Ben Nur. „Sie geht über El Halahk, den Abgrund des Unterganges, des Verderbens. Erkennst du, wo sie endet?"

„Ja, ich sehe es, doch nicht so deutlich, wie ich möchte. Es ist ein Tor, welches ich wohl bestimmter sehen würde, wenn nicht darüber die Flammeninschrift leuchtete ‚Zur Seligkeit!' Auch die Fortsetzungen seiner Seiten, welche sich aus dem Abgrunde erheben, sind mir dunkel; darüber aber leuchtet eine Klarheit, welche von keinem irdischen und von keinem Sonnenlichte stammen kann. Indem ich sie erblicke, steigt eine unbeschreibliche Wonne und Sehnsucht in mir auf, die mich emporheben und hinübertragen will; aber mein Fuß klebt fest an diesem Steine; ich kann nicht fort; ich bin zu schwer!"

„Du bist so schwer, weil du noch zur Erde gehörst, auf der das Gesetz der Schwere gilt, welches ich für dich für diese kurze Stunde überwand. Ich sage Stunde, denn hier, wo wir uns befinden, gibt es noch Zeit. Die Ewigkeit beginnt dort an der Brücke. Du stehst hier a m Jenseits, nicht i n demselben; das ist der äußerste Punkt, wohin ich deine unsterbliche Seele führen durfte, weil sie noch das irdische Gewand zu tragen hat.

Du siehst dich hier also zwischen Zeit und Ewigkeit, nicht vor dem Tode und nicht nach dem Tode, sondern mitten in demselben, und alles, was du hier erblickst, geschieht mit der Seele während der Zeit des Sterbens. Was siehst du noch?"

„Ich sehe die Scharen der Seelen, welche durch die stille, unheimlich lautlose Oede des Todes nach der Brücke wallen. Allah, Allah, beschütze und bewahre mich!"

Diesen letzten Satz schrie er laut auf, als ob eine plötzliche, große Gefahr über ihn hereingebrochen sei. Dabei breitete er, wie nach einem Halte suchend, ängstlich beide Arme aus. Hierauf ließ er sie beruhigt wieder sinken und antwortete dann sich selbst mit der Stimme Ben Nurs:

„Sei getrost; ich halte dich! Du nanntest die Zeit des Sterbens, in welcher du dich befindest, still und lautlos. Jetzt erfährst du, dass es auch ein anderes als still ergebenes Scheiden gibt. Sprich!"

„Es erhob sich ein Sturm, in welchem mein Felsen zitterte; finstere Wolkenschwaden wurden über mich hingepeitscht; Donner rollte; Blitze zuckten. Ich hörte Schlachtengeschrei und das Krachen der Schüsse. Jetzt ist das vorüber; aber ein Nebel breitet sich um mich her. Ich sehe nichts mehr; aber ich höre die Stimmen der Sterbenden. Mütter jammern um ihre Kinder; Frauen winseln nach ihren Männern; Geizige schreien nach den Reichtümern, die sie verlassen müssen, Herrscher nach ihren Thronen, Ehrsüchtige nach ihrem Ruhme. Es ist ein Brüllen, Zetern, Klagen und Weinen um mich her, welches mich selbst zum

Sterben bringen wird, wenn ich es noch länger hören muss! . . . Allah sei Dank! ,Vater, in deine Hände befehle ich meinen Geist!' rief die Stimme eines gläubig sich Ergebenden, und sofort ward alles still. Die Nebel weichen, und ich sehe die Scharen wieder ohne Laut und ruhig wallen. Auf der Mitte des Weges sehe ich einen Steg, zu dessen Seiten lichte Engel stehen. Er ist beweglich und so schmal, dass man ihn nur einzeln betreten kann; aber keiner darf ihm ausweichen; alle müssen darüber!"

„Das ist El Mizan, die entscheidende Waage der Gerechtigkeit. Sie misst jede Tat, jedes Wort und jeden einzelnen Gedanken. Lege das leiseste, kürzeste deiner Gefühle darauf, so wird sie dir sagen, wie schwer es vor dem allwissenden Erforscher deines Innern wiegt! Siehst du, was die Engel an diesem Stege, an dieser Waage, tun?"

„Soeben tritt einer aus ihren Reihen hervor und nimmt die über die Waage gegangene Seele an der Hand, um sie nach der Brücke zu leiten."

„Nicht nur nach der Brücke, sondern über sie hinüber! Diese Seele ist gewogen und der Gnade Gottes wert befunden worden. Darum wird sie an der Hand ihres lichten Führers glücklich über Es Ssiret gelangen. Aber die zu leicht Gefundenen, welche hier auf Erden stolz auf ihre Vorzüge pochten oder, ihrer Trägheit frönend, sich nur auf ihre vermeintliche Sündlosigkeit verließen und darum versäumten, wirkliche Arbeit zu vollbringen, anstatt in bequemer Sorglosigkeit kommen zu lassen, was da kommen werde, diese finden hier keinen Beschützer, sondern

Diese Seele ist gewogen und der Gnade Gottes wert befunden worden.

bleiben auch hier ihrem gewohnten Selbstvertrauen überlassen. El Halahk, der Abgrund des Verderbens, steht für sie offen: denn schon hier, in der Stunde des Todes, nicht erst im, sondern bereits am Jenseits, tritt das große Gesetz der ewigen Gerechtigkeit in Kraft, dass der Mensch genau mit dem bestraft wird, womit er auf Erden sündigte. Trau ja den friedlichen, still lächelnden Zügen einer Leiche nicht! Sie ist ein abgelegtes Gewand, dem du nicht anzusehen vermagst, unter welchen Qualen die Besitzerin, die Seele, von ihm schied. Der Tod tritt nicht mit dem letzten Worte ein, welches der Sterbende spricht, auch nicht mit der letzten Bewegung, die man an ihm bemerkt, und kein Irdischer vermag zu ergründen, was zwischen diesem Worte oder dieser Bewegung und dem wirklichen Schritte hinüber für eine Folterpein zu überstehen ist! Nun richte deine Augen auf die vorübergehenden Scharen selbst! Du siehst, wie sie sich zusammenfinden und sich ordnen, um, zu einander passend, in Gruppen den Entscheidungsweg zurückzulegen. Sag mir, was du erblickst! Was du nicht weißt, das werde ich dir erklären."

Der Münedschi berichtete:

„Es versammelt sich soeben eine große, große Menge von Leuten, welche fromm die Hände falten und still ergeben ihre Köpfe senken. Ihre Lippen bewegen sich im Gebete. Ihnen vorangetragen wird eine Standarte, auf welcher das Wort ‚Dijanet' (Frömmigkeit, Gottesfurcht) zu lesen ist. Das sind gute Menschen, welche gewiss glücklich über die Brücke hinüberkommen!"

„Du irrst. Du lässest dich von ihrer zur Schau getragenen Frömmigkeit ebenso täuschen, wie die Genossen ihres Erdenlebens von ihnen betrogen worden sind. Das sind die Gewohnheitsbesucher der Kirchen und Moscheen. Sie versäumten keinen Gottesdienst und saßen da auf ihren mit Geld bezahlten, wohlnummerierten Plätzen, auf welche sich ja kein anderer setzen durfte, wenn er nicht zu seiner öffentlichen Beschämung von ihnen hinweggestoßen werden wollte. Sie gingen zur bestimmten Zeit und in dem dazu bestimmten Rocke nach dem Gotteshause, gesenkten Blickes, wie auch jetzt, und die Fatha oder das Gesangbuch von den Händen innig umschlungen. Dabei aber blickten sie verstohlen nach rechts und links, ob man sie denn auch gehen sehe. Sie sprachen ihre Gebete oder sangen die vorgeschriebenen Lieder; sie hörten die Worte des Predigers, und wurde ihnen das zu langweilig, so ließen sie sich andachtsvoll in das süße Schläfchen des Bewusstseins fallen, dass sie das alles wohl schon tausendmal gehört hätten und es also ebenso gut wüssten, wie der Mann dort auf der Kanzel. Dann gingen sie erhobenen Hauptes heim, denn sie hatten jetzt für diese Woche ihre Pflicht getan und dadurch Gott gezwungen, ihnen nun auch eine Woche lang dafür dankbar zu sein. Sie forderten von diesem Gotte, dass die Nummer des Platzes, den sie für sich gelöst und nur höchst selten leer gelassen hatten, in das Buch des Lebens eingetragen werde, weil nur ihnen, und ja keinem andern, das wohl erworbene Recht zustehe, auf ganz derselben Nummer der Seligkeit auch im Himmel zu sitzen.

Es naht eine unabsehbare Menge ...

Reich und Arm, Gelehrt und Ungelehrt, Fürsten, Beamte, Krieger, Kaufleute, Bauern, Handwerker und sogar auch Bettler. Sie kommen getrost und wohlgemut heran, mit festen, sicheren Schritten und unbeirrten Blicken. Die Gewissheit, dass sie die Brücke in kräftigem Marsche überschreiten werden, ist ihnen allen anzusehen."

„Warte, bis sie an die Waage kommen, wie sie da so ganz anders blicken und angstvoll weiterschleichen werden," sagte die Stimme Ben Nurs. „Sie folgen dem Banner ihrer vermeintlichen Rechte; aber sie meinen damit nicht die Menschenrechte, die ihnen von Gott für die Erde verliehen waren, sondern die von ihnen selbst erfundenen. Sie sind nicht das, wofür sie sich ausgeben, sondern das genaue Gegenteil davon, nämlich Aufrührer und Empörer. Mit diesem Worte Aufruhr meine ich nicht die Verschwörung gegen irdische Herrscherthrone, sondern die Auflehnung gegen göttliche und von Gott geheiligte menschliche Gesetze. Es geht über die Erde eine ununterbrochene Revolution gegen diese Gebote, hier in still wühlender Verborgenheit, da in sichtbarer, immer weiter greifender Gärung und dort in offener, gewalttätiger Angriffsweise. Die Menschen haben verlernt, zu gehorchen; sie wollen alle befehlen. Der Reiche verlangt von Goldes Gnaden und der Bettler auf Befehl der Mildtätigkeit Gehorsam. Der Arbeitgeber stützt sich auf das Recht seines Unternehmungsgeistes, seines kaufmännischen Talentes, und der Arbeiter auf den Wert seiner Geschicktheit und seiner Fäuste. Die Großen der Erde betonen die Vorrechte der Geburt, und die andern heben dagegen ihre persönlichen Errungenschaften hoch empor. Hier dieser fordert in seinem eigenen Interesse Gehorsam für im Laufe von Jahrhunderten bewährte Einrichtungen, und dort jener verlangt aus demselben Grunde, dass man den Anforderungen der Neuzeit folgsam sei. Es werden neue Rechte und neue Pflichten angefertigt, denen man wohlklingende Namen gibt. Da wird von einem Rechte auf Gleichheit in den verschiedensten Beziehungen gesprochen, von einem Rechte des freien Denkens, der Arbeit, des Lohnes, der Verbindung und Verbrüderung. Jeder stellt sich kampfbereit, um grad das Recht, welches er für das seinige hält, zu verteidigen, und erkennt dabei nicht, dass in dieser Verteidigung schon der Angriff gegen andere Rechte liegt. So wirkt einer gegen den andern, und die eigentliche, wirkliche Wahrheit ist doch, dass sie alle unrecht haben. Denn nach Gottes Ratschluss besitzt der Mensch nur ein einziges Recht und nur eine einzige Pflicht, nämlich d a s R e c h t u n d d i e P f l i c h t d e r L i e b e. Wie aber steht es bei euch damit im Erdenleben? Gibt es einen einzigen Menschen, welcher auf dieses Recht der Liebe verzichtet? Und wie viele aber sind es, welche, wie Gott es doch gebietet, ihr ganzes Leben der Pflicht der Liebe weihen? Schau sie an, die da vorüberziehen. Sie alle haben nach Gerechtigkeit geschrieen, aber keine Gerechtigkeit gegeben, weil sie keine Liebe besaßen. Sie haben gesprochen und geschrieben, gestritten und gebrüllt für ihre einander widerstreitenden, einander aufhebenden Rechte; sie haben gehadert gegen die Menschen und gegen Gott, von welchem sie ihm aber s e i n Recht, den Glauben an ihn und die Liebe zu ihm, verweigerten. Und nun kommen sie sogar hier mit derselben Forderung herangeschritten: Sie verlangen die Seligkeit als ihr Recht; sie bringen das große Ausrufungszeichen nach Gottes Gerechtigkeit getragen und ahnen nicht, dass sie dort an der Waage nach der ihrigen gewogen werden. Sie haben sich gegen sein großes Gesetz der Liebe empört, ihm den Gehorsam verweigert, ihm den Glauben versagt, ihn verleugnet und aus ihrem Leben gestrichen, und nun übt er dasselbe Recht wie bisher sie, nämlich sie ebenso nicht zu kennen, wie sie ihn nicht gekannt haben. Sie sind vorüber. Wer kommt jetzt?“

„Ich sehe die schöne Inschrift ‚Muhabba‘ (Liebe). Die, welche hinter ihr schreiten, sind sicher für die Seligkeit bestimmt; denn du hast ja soeben Liebe gefordert. Ich unterscheide – – –“

„Schweig! Schweig von ihnen!“ unterbrach ihn Ben Nur streng. „Die, welche jetzt an dir vorüberziehen, sind entweder Abgötter oder Götzendiener gewesen, eins von beiden, weiter nichts! Das sind die Väter, die Mütter, welche nur einen einzigen Gegenstand für ihre Liebe, ihren Sohn oder ihre Tochter, kannten. Das sind die Männer, welche ihre Frauen vergötterten, und die Frauen, welche ihre Männer anbeteten. Die Liebe, welche nur auf eine einzige Person gerichtet ist, ist keine Liebe, sondern das hässliche, abstoßende Narrbild derselben. Schau die Mütter, welche als Sklavinnen vor den Füßen ihrer Töchter knieen, und die Gatten, welche sich von den heißgeliebten, angebeteten

Füßen in den Staub treten lassen! Der nichtigste Wunsch der vergötterten Lippen setzt sie in Galopp, während sie zur Erfüllung göttlicher Gebote oder für das Wohl ihres Nächsten kaum einen langsamen Schritt übrig haben. Wie sie auf jedes Wörtchen lauschen und sich bei der geringsten Trennung sehnen! Wie sie arbeiten und sich sorgen, sich ganz hingeben, sich aufopfern, bis sie am Charakter vollständig zum Schatten geworden sind! Für den aber, dem sie alles, alles verdanken, was ihnen gegeben worden ist, und dem sie dafür gehören für Zeit und Ewigkeit, für den haben sie keine Handreichung! Und wenn er dann in seinem heiligen Zorne, um diesem Götzendienste ein Ende zu machen, den Gegenstand dieser Narretei aus dem Leben nimmt, welch ein Stöhnen und Jammern ist da zu hören und welche Verzweiflung, die sich selbst Vernichtung wünscht, zu sehen! Wer in dieser Weise einen Menschen höher setzt als Gott, der wird sich dort an der Waage und dann an der Brücke auch nur auf diesen Menschen, nicht aber auf Gott zu verlassen haben; das ist die unerschütterliche Gerechtigkeit, welche den Gegenstand der Sünde zum Mittel der Bestrafung macht! Nun schau hinab auch zu den so heiß angebeteten Idolen. Sie wurden so lange verehrt und bedient, bis ihnen das als ganz selbstverständlich vorkam, und so ließen sie sich in dem Bewusstsein, ganz erstaunliche Vorzüge zu besitzen, weiter bedienen und weiter bewundern. So wurden sie zum Hochmute und zur Selbstüberhebung geführt. Da sie nichts zu tun hatten, als sich lieben und anbeten zu lassen, wurden sie körperlich und geistig träge, und waren je länger desto weniger imstande, ihre irdischen Pflichten zu erfüllen und sich gar noch mit Gedanken über das Jenseits zu befassen. Sie wurden geistig totgeliebt und geistig totgepflegt; ihre Kräfte schwanden immer mehr und mehr, bis von ihnen nichts übrig blieb als nur auch ein Schatten ihrer selbst, der aber immer noch angebetet sein wollte und jetzt in der stolzen Ueberzeugung hier vorüberschreitet, dass ihm ein Sitz ersten Ranges im Himmel sicher sei. Sie haben aber ihr Gutes schon auf Erden genossen, und Götzenbilder kennt das Jenseits nicht! Weiter!"

Der Blinde fuhr fort:

„Es kommt ein stolzer Zug daher, dem die Inschrift ‚Hanahhn!' (Wir da! Wir sind es!) hoch und weithin sichtbar vorangetragen wird. Diese Leute gehen stolz, mit majestätischen Schritten und sieghaften Mienen. Ueber ihre Gesichter breitet sich das Bewusstsein der Würde und Erhabenheit. Auch sie scheinen verschiedenen Ständen anzugehören, und obwohl sie langsam schreiten, sehe ich doch, dass jeder von ihnen bemüht ist, den andern voranzukommen. Das müssen hohe Herren sein, die sicher nicht erwarten, zu leicht befunden zu werden."

„Ja, sie waren Herrscher auf Erden, Herrscher auf verschiedenen Gebieten, haben sich aber auf dem Wege zur Waage der Gerechtigkeit zusammenfinden müssen. Da sind Fürsten, welche über Länder und Völker regierten, aber nicht einmal sich selbst beherrschen konnten. Da sind allerlei Würdenträger, welche der ihnen von Gott anvertrauten Würde nicht würdig waren. Da sind hohe Gelehrte, Koryphäen der Wissenschaft, welche sich für Erb- und Gerichtsherren der Weisheit hielten und sich gegen die Einsicht sträubten, dass alles irdische Wissen und Erkennen Stückwerk ist und nur der Glaube zur Wahrheit und Vollkommenheit führt. Da sind die Paschas und Sultane des Mammons, welche von ihren protzenden Thronen aus die Unbemittelten knechteten und in Fesseln schlugen, ohne zu ahnen, dass sie selbst die Fesseln der niedrigsten Knechtschaft trugen, die es auf Erden gibt: die aus Goldbarren geschmiedeten Handschellen, die erwürgenden Zugstricke des Geldsackes. Da sind die Genies, welche ihre herrlichen Geistesgaben nur brauchten, um gegen den zu kämpfen, der sie ihnen lieh, auch die Künstler, denen die Mahnung, dass die wahre, echte Kunst himmelan zu streben hat, nur lächerlich war. Da sind die Herren der Feder, der Literatur, die Zeitungsmonarchen, welche unter ihrer sechsten Weltmacht die Macht ihres eigenen Einflusses, die Wirkungskraft nur ihrer Zwecke verstanden. Da sind die Helden der Phrase, die Redner des Volkes, die Sprecher der Parlamente, die ihre Schlagworte wie platzende Bomben, das Göttliche verneinend, zerstörend in die Versammlungen warfen, unbekümmert darum, dass sie dafür dereinst das zermalmende Richterwort treffen werde, von welchem geschrieben steht: ‚denn das Wort Gottes ist wie ein Hammer, der Felsen zerschmettert!' Sie alle, alle, die ich dir jetzt bezeichnete, haben ihre eigene, zufällige oder angemaßte Macht an die Stelle der Macht der Liebe gesetzt und werden nun dort an der Waage zu ihrem Schrecken erfahren, dass alle diese von ihnen missbrauchte Gewalt nicht imstande ist, die ewige Gerechtigkeit auch nur um das Tausendstel eines Haares breit zu ihren Gunsten zu neigen. Fahre fort in deinem Berichte!“

„Die jetzt kommen, folgen einem Banner, auf welchem ‚Schatahra‘ (Klugheit) zu lesen ist.“

„Sprich nicht weiter von ihnen; ich sehe sie! Das sind die irdisch Klugen, welche sich hüteten, mit ihrem Glauben offen hervorzutreten; ihr Vorteil verbot ihnen dies. Auch sind die Schamvollen dabei, welche befürchteten, sich lächerlich zu machen. Ich sage dir, es gibt sogar Menschen, welche wohl beten möchten, aber dies nicht fertig bringen, weil sie sich dabei nicht nur vor sich selbst, sondern sogar vor Gott genieren. Sie sahen den Säemann der göttlichen Liebe über die Felder schreiten, und sie sahen, dass die Krähen des Unglaubens hinter ihm den Samen wegfraßen; sie sind untätig nebenhergegangen; sie ließen ihn ungestört säen, und sie hinderten die Vögel nicht, diese Arbeit der Liebe um den Erfolg zu bringen. Die einen haben sich vor Gott versteckt; die andern sind weder für noch gegen ihn gewesen; nur werden die ersteren ihn jetzt auch nicht sehen, und die letzteren erwartet ganz dieselbe Gleichgültigkeit. Sie mögen sehen, wie sie hinüberkommen. Weiter!“

„Es kommen jetzt weißgekleidete, fleckenlose Gestalten, an deren Spitze ich den Wahlspruch ‚Nadahfa!‘ (Reinheit) lese. Ihr Gang ist sehr vorsichtig, damit ihr Fuß nichts Unsauberes

wenigstens über einen, nur einen einzigen freuen, der drüben an das Tor der Seligkeit gelangt?"

„Sie waren der Gnade Gottes nicht würdig, weil sie nicht nach ihr gestrebt haben. Wer auf seine vermeintlichen Verdienste pocht und dafür den verdienten Lohn, aber keine Gnade fordert, der wird auch keine finden. Aber ich bemerke, dass dein Wunsch in Erfüllung geht. Sag mir, was du jetzt siehst!"

„Es kommen zwei Frauen, ganz allein, nebeneinander; die eine ist sehr schön, die andere sehr einfach gekleidet. Dann eine Strecke hinter ihnen folgt eine unabsehbare Schar von Männern und Frauen, denen aber kein Panier vorangetragen wird. Es sind auch viele, viele Kinder dabei. Und nun flammt es plötzlich dort drüben über dem Tore der Seligkeit hell leuchtend auf, so dass hier bei uns die bisherige Düsterkeit wie ein heller, schöner Tag erscheint. Ich sehe, dass die Engel diesem Zuge in freudiger Erwartung entgegenblicken. Sollte er aus Glücklichen bestehen, denen es beschieden ist, den Himmel zu erreichen?"

„Ja; ihnen ist er bestimmt! Du hast gehört, dass du dich hier mitten in der Zeit des Sterbens befindest. Das helle Licht des Jenseits dringt plötzlich zu uns herüber; die Todesstunde derer, die jetzt kommen, ist eine glückverheißende; sie wird von der Morgenröte des ewigen Himmelstages überflutet. Die, welche sich Standarten vorantragen ließen, stellten Forderungen an Gott; sie verlangten hier den himmlischen Lohn für ihre eingebildeten irdischen Vorzüge und Tugenden. Die aber jetzt erscheinen, sind solcher Selbsttäuschung und Ueberhebung fern. In der Erkenntnis ihrer Mangelhaftigkeit nähern sie sich in zagender Demut der Waage der Gerechtigkeit, und den Demütigen gibt Gott Gnade. Für sie ist die ihnen entgegenleuchtende Freude der Engel schon im Sterben der Beginn der Seligkeit.

„Wer sind die beiden Frauen?“ fragte der Blinde.

„Es sind Heldinnen des Herzeleides, des Duldens. Eine Fürstin und eine Arbeiterin, standen sie, die eine auf der höchsten und die andere auf der niedrigsten Stufe des Erdenlebens, einander so fern, dass keine die andere kannte; aber so verschieden die Arten und die Wege des Lebens sind, sie führen alle vor der großen Entscheidung der Todesstunde zusammen. Die Fürstin war ein liebes, heiteres Kind, welches mit frohen Augen in die verheißungsvolle Zukunft blickte; es waren ja alle Vorbedingungen irdischen Glückes vorhanden. Da aber griff die Staatskunst mit eiserner Faust in ihr bisher holdes Geschick. Man entriss sie den liebenden Eltern und Geschwistern und brachte sie, die sich vergeblich Sträubende, in ein fernes Land, zu einem fremden Volke, an die Seite eines Herrschers, dem nie ihr Herz gehören konnte. Ihr goldener Jugendtag war dahin; die Sonne des irdischen Glückes verschwand. Kalte Pflichten begannen, mit furchtbarer Last auf ihr warmes Herz, ihr weiches Gemüt zu drücken; nur schwer fand sie Atem für ihre nach Verständnis und Liebe verlangende Seele. In diesem Gefühl des Erstickens schrie sie zu Gott, und er sandte ihr den Engel des Glaubens

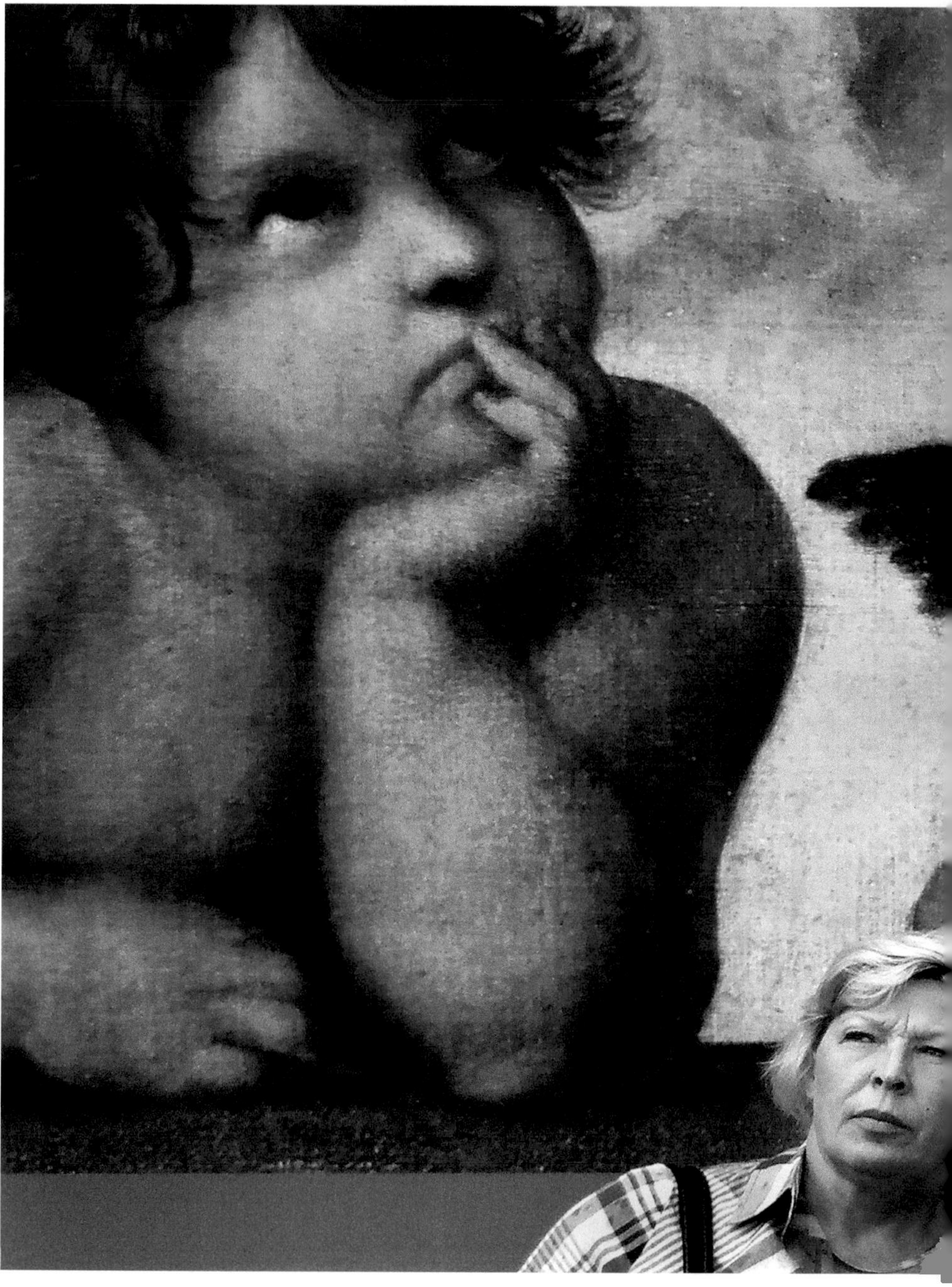

Ich sehe, dass die Engel diesem Zuge in freudiger Erwartung entgegenblicken.

als rettenden Boten. Aus den Höhen des Himmels floss ihr die Kraft, den Pflichten der Erde zu leben; darum strebte dieses Leben auch wieder zu ihm empor. Sie legte ihr einstiges Sehnen nach Glück in die Hände der ewigen Liebe und erhielt es als Erhörung für das ihr anvertraute, fremde Volk zurück. Sie teilte, obgleich selbst ungeliebt, diese Liebe aus vom Gletschereise ihrer Höhe herab nach allen Seiten. Für sich auf alles gleißende Erdengut verzichtend, ward sie in schlichter Anspruchslosigkeit eine Spenderin der Güte, die im Verborgenen wirkt. Als Fürstin angefeindet und in frostige Einsamkeit geschoben, war heimlich sie die Barmherzigkeit und Segen spendende Mutter der Bedürftigen. Ein jeder ohne stille Wohltat vollbrachter Tag erschien ihr als verloren. So gingen ihre Jahre hin, und nun sie von der Erde scheidet, umstrahlt kein fürstlicher Pomp ihr einsames, gemiedenes Sterbelager. Nur eine einzige, treue Dienerin kniet unter herzbrechendem Schluchzen dort und betet, betet laut und erschütternd, obgleich ihr bei jedem Worte die Stimme versagen will. Sie allein hat die sterbende Fürstin verstanden und geliebt, sie war die vertraute Zeugin ihrer Leiden, die verschwiegene Botin ihrer Wohltätigkeit. Nur sie weiß es, was die geliebte Herrin ihrem Volke war, nur sie! Doch nein, nicht nur sie! Es gibt außer ihr noch Einen, der alles sieht und kennt, den allwissenden Erforscher der Herzen und Gedanken. In seinem Buche stehen all die zahllosen Bitterkeiten, die sie auf dem schweren Pfade der Entsagung hinabzukämpfen hatte, alle Angriffe, die sie in gottergebenem Verzicht auf Gegenwehr erduldete, aber auch die ganze Fülle der Liebe, welche sie über die Armen und Bedrängten ausgegossen hat, für alle Ewigkeit verzeichnet. Jetzt, im Augenblicke des Abschiedes, klingt das Schluchzen der neben ihr Betenden aus immer weiterer Ferne in ihr Ohr, und so verschwindet vor ihr auch die Zeit des Duldens und des unverschuldeten Leidens. Zu ihren Seiten tauchen die schönen, goldenen Jugendtage wieder auf und vor ihr die in himmlischer Liebe lächelnden Engel, welche ihr dort an der Waage der Gerechtigkeit entgegenwinken. Ich sage dir, der irdische Thron war ihr ein Marterstuhl, wie er es so vielen um ihn Beneideten ist, aber was sind alle diese Qualen gegen die Herrlichkeit jenseits des Tores da drüben, wo aus jedem Augenblicke des einstigen Herzeleides und aus einer jeden einzelnen ihrer Liebestaten ihr ein unerschöpflicher Bronn der Seligkeit entgegenfließen wird! Vom allwissenden Vater im Himmel wird keine Sekunde des Leides und keine noch so heimlich geweinte Träne seiner Kinder vergessen!“

Da rief der Münedschi freudig aus:

„Ich sehe, du hast recht! Jetzt sieht sie die Engel winken; sie breitet die Arme nach ihnen aus und beflügelt ihre Schritte. Die andere auch, die mit ihr geht!“

„Diese war eine Tochter der ärmsten Dürftigkeit,“ erklärte Ben Nur. „Ihre Kindheit war Hunger, Verachtung und Arbeit. Sie hat nie das Auge einer liebenden Mutter gesehen und vom harten Vater nur die unbarmherzig schlagende Hand gefühlt. Unter fremde Leute geworfen, diente sie treu und ehrlich, doch stets nur bei herzlosen Menschen, und als sie glaubte, ein Herz gefunden zu haben, dem sie sich anvertrauen dürfe, und sich ihm zu eigen gab, da war es ein roher, ein gefühlloser Mann. Er frönte dem Spiel, dem Trunk und andern Lastern; er hasste die Ordnung, die Arbeit und jede ihn bindende Pflicht. Sie musste schaffen und sorgen für ihn und die zahlreichen Kinder, und tat es still und ergeben, als sei's ihr nicht anders beschieden. Doch, was sie mit eigener Entbehrung durch rastlose Arbeit errang, das floss bei ihm durch die Gurgel, fiel im Spiele andern zu. Sie sah keine Frucht ihres Fleißes und hielt doch nicht auf, sich zu mühen, denn sie glaubte, es seien die Kinder ein Segen des Himmels, dem sie durch treue, mütterliche Pflege sich würdig zu erweisen habe. Da starb der Mann. Sie begrub ihn; sie weinte an seinem Grabe, sie trauerte um ihn, ohne ihm einen Vorwurf in die Grube nachzusenden. Dann aber schienen sich ihre Kräfte für die Kinder zu verdoppeln. Sie nährte sie besser als vorher; sie schickte sie in die Schule; sie gab sie in die Lehre; sie sorgte für ihr Fortkommen und hatte kein Wort der Klage über die Nächte, in denen sie bei der stillen Lampe saß, um viel, viel mehr zu tun als ihre Pflicht. Die Söhne nahmen sich Frauen, die Töchter Männer; die Mutter arbeitete weiter. Es stellten sich Enkel ein; da gab es noch viel mehr zu sorgen. Was sie da alles tat, tat sie nicht für sich selbst, doch niemand dankte ihr. Man nahm es nicht nur als selbstverständlich hin, sondern es wurde für noch viel zu wenig gehalten. Kein Kind hatte einen Platz, die Mutter zu sich zu nehmen; ein dürftiger Raum unter dem Dache, ein Tischchen, ein Stuhl und eine ärmliche Lagerstätte, das war das Schaffensfeld unendlicher Muttertreue, die keine Ruhepause kannte und sich selbst vollständig vergaß. Sie wurde auch vergessen in der Stadt. Niemand kam zu ihr, auch nicht ihre Kinder und Enkel; diese verlangten, dass sie komme, und zürnten, anstatt zu danken, wenn die zitternden Hände der Greisin nicht mehr soviel brachten wie früher. Nun liegt sie endlich im Sterben; kein Mensch, kein Kind ist bei ihr, um ihr die guten, stets so wachen Augen zur endlichen Ruhe liebend zuzudrücken! Sie lebte jenes Heldentum des Duldens, dem niemand anmerkt, dass es Dulden ist, und wie sie es lebte, so stirbt sie es jetzt. Das Erdenleben versagte ihr jedes Glück, jede Freude, jeden Sonnenstrahl. Erst jetzt, in ihrer Todesstunde, lernt sie den Glanz des Lichtes kennen. Zwar kommt er spät, nun da ihr Auge bricht, aber er ist kein irdischer und wird darum nie wieder von ihr scheiden. Das Diesseits hat sie um den Lohn ihrer Arbeit betrogen; das Jenseits wird ihr diesen Verlust tausendfach ersetzen!"

„Und ihr Mann? Wird sie den dort sehen?" fragte der Blinde.

„Frag nicht nach ihm! Er gehörte zu den Hetzern, zu den Schreiern, welche in Versammlungen mit glühender Begeisterung für ihre Menschenrechte Streiter sammeln, daheim aber ihre Gatten-, ihre Vaterpflichten verleugnen. Er ist nicht über Es Ssiret, die Brücke des Todes, hinübergekommen! Schau lieber auf die dichten Scharen, welche jetzt vorüberwallen!"

ALTUS

Und der Glanz aus dem Jenseits herüber wird immer heller!

„Ja das sind liebe, stille, gottergebene Menschen, denen anzusehen ist, dass sie keine irdischen Ansprüche bei sich tragen, obwohl ich sehr vornehme Personen unter ihnen bemerke. Und der Glanz aus dem Jenseits herüber wird immer heller! Ist er es, den ich wie Glorienschein um ihre Häupter liegen und aufwärts- und hinüberstreben sehe?“

„Nein. Was du im Jenseits leuchten siehst, das ist die ewige Liebe, von welcher jedem Menschen ein Strahl mit auf die Erde gegeben wird. Pflegt er dieses himmlische Feuer, so bleibt es bei ihm, leuchtet ihm durch das Leben und strebt mit ihm in der Todesstunde nach dem Jenseits hinüber, nach seinem Urquell hin. Während der Erdentage brannte es auf den Altären der Herzen als das unverlöschliche heilige Licht des Glaubens; jetzt, wo der Glaube in das Schauen überfließt, fließt auch dieser Strahl dahin zurück, woher er kam, und legt sich als Erkennungszeichen um die Stirnen derer, denen er die Ueberwindung der Brücke und des Abgrundes verbürgt. Wie gerne würde ich dir hier von jedem Einzelnen sagen, warum gerade er diese Aureole trägt! Aber es sind ihrer zu viele, und es ist dir hier an diesem Orte nur eine ganz bestimmte kurze Zeit gegeben, welche fast vorüber ist. Du gehörst ja noch dem Diesseits an; hier aber geht dieses in das Jenseits über; bleibst du zu lange hier, so würde die Auflösung auch dich ergreifen, und das muss ich verhindern. Ich als dein Schutzengel bin verpflichtet, dafür zu sorgen, dass dein Erdenlauf nicht um einen Augenblick gekürzt werde, denn er ist die Vorbereitung für El Mizan, die Waage der

Gerechtigkeit, welche auch du zu überschreiten hast, und jede Sekunde des Diesseits ist von unersetzbarer Kostbarkeit, weil eine einzige genügen kann, eine verlorene Seele dem Himmel zurückzugewinnen! Doch einige darf ich dir noch kurz zeigen. - Ich sehe unter ihnen viele, die gegen die staatlichen Gesetze gesündigt haben und dafür bestraft worden sind. Es ist im Himmel ja mehr Freude über einen Sünder, der Buße tut, als über Neunundneunzig, welche glauben der Buße nicht zu bedürfen, weil sie sich für gerecht halten! Es sind unter ihnen Gefallene aller Art, denen die erbarmende Liebe Kraft verlieh, wieder aufzustehen. Es sind Regenten und Feldherren dabei, die man des Massenmordes der Schlachten anklagte, an dem sie aber unschuldig waren, weil er ihnen aufgezwungen wurde. Ich sehe da berühmte Träger der Wissenschaft, die aber über ihrer Gelehrsamkeit nicht den Glauben und die Liebe vergaßen. Ihr Ruhm wird im Himmel doppelt leuchten! Ich sehe Reiche, welche die Hungrigen speisten, die Durstigen tränkten und die Nackenden kleideten. Sie haben ihren Reichtum auf Erden lassen müssen, sich aber himmlische Schätze gesammelt, welche dort an der Waage bis auf das Gewicht einer Tauperle für sie eingetragen werden! Ich sehe Priester, welche nicht bloß Lehrer des Wortes, sondern Verkündiger und Täter des Geistes im Worte, wirkliche Prediger der Liebe waren. Ihnen ist es gegeben, das Lob des Herrn erklingen zu lassen in alle Ewigkeit! Ich sehe Gewaltige der Erde, welche gütige Väter, weise Erzieher und freundliche Beglücker ihrer Völker waren. Wahrlich, ich sage dir, im Jenseits werden sie über mehr gesetzt werden, als sie diesseits beherrschten! Ich sehe den Millionär, welcher der Barmherzigkeit sein Vermögen widmete, und den Bettler, der mit dem Straßenhunde sein letztes Stück Brot teilte. Ich sehe die Gründer großer Armen- und Waisenhäuser und den kleinen Knaben, welcher dem dürstenden Vöglein Wasser gab. Ich sehe Fürstinnen und Prinzessinnen, welche, von der Glorie irdischer Erhabenheit umgeben, aus ihrem hohen Kreise heraustraten, um herniederzusteigen und als Huldspenderinnen der Liebe zu walten. Glaube mir, der Herr aller Himmel wird ebenso herabsteigen wie sie und ihnen diese Güte tausendfältig lohnen! Ich sehe edle Frauen, welche sich nicht schämten, die Hütten der Armen, der Kranken, der Witwen und Waisen zu besuchen und den Verachteten zu zeigen, dass auch sie Brüder und Schwestern in der großen, die ganze Menschheit umfassenden Familie des Allvaters seien. Du darfst überzeugt sein, dass sie nun dort an der Waage für würdig befunden werden, zur Familie der Seligen zu gehören! Ich sehe Seelen, deren bloße Anwesenheit die Wirkung hatte, als ob ein warmer, tröstender und beruhigender Sonnenstrahl mit ihnen hereingekommen sei. Es ist ein Himmelsglück, dass es solche Menschen gibt; sie werden im Jenseits noch viel heller strahlen als während ihrer diesseitigen Pilgerzeit! Ich sehe Richter, welche selbst in dem ärgsten Verbrecher noch den Menschen suchten, um so mild wie möglich sein zu dürfen. Betrogene, Bestohlene, Beleidigte, welche nicht nur vergeben, sondern sogar vergessen konnten. Gott wird

Ich sehe edle Frauen ...

auch ihnen ein milder Richter sein und ganz so vergeben und vergessen, wie sie es taten! Ich sehe unter dieser Schar auch Künstler, deren Streben es war, in ihren Werken die wahre Natur, die Uebermacht des Guten und Schönen über das Böse und Hässliche, also die Offenbarung Gottes im Menschen, des Himmlischen im Irdischen nachzuweisen. Sie wühlten nicht wie andere mit Wollust im Schmutze; sie machten nicht unter dem irrigen Vorgeben, wahr sein zu müssen, die Rohheit und das Laster zur Staffel ihres Ruhmes, denn sie wussten, dass die Sünde nicht die Wahrheit, sondern ihre abstoßende Verneinung ist. Die Kunst ist nur dann wirkliche Kunst, wenn sie nach dem Edlen auch auf edlem Wege strebt. Wer da glaubt, er könne dem Hohen durch die Darstellung des Niedrigen dienen, der versteht die Aufgabe nicht, die ihm von Gott, dem Urquell des höchsten Könnens und also auch aller Kunst, geworden ist! Ich sehe ferner Freunde, welche wahre, ehrliche Freunde waren. Sie hielten, wenn es nötig war, nicht mit der bitteren, heilsamen Wahrheit zurück, standen aber auch mit ihrem ganzen Haben und Können für die Freundschaft ein! Ich sehe Väter, welche die Schwäche nicht mit der Liebe verwechselten, sondern ihrer Pflicht mit wohlabgewogener Gerechtigkeit walteten, obwohl dies ihrem Herzen oft nicht leicht geworden ist. So ein Vater hat seinen Sohn nicht moralisch totgelobt oder durch nachsichtige Schwachheit selbst zum Schwächling gemacht und seine Tochter nicht zu einem Weibe erzogen, welches für seinen Beruf verloren ist! Und ich sehe Mütter, denen die Kinder nicht als

... Mütter, denen die Kinder das waren, was sie jeder Mutter sein sollen ...

herausgeputzte Gegenstände eitlen Stolzes und überhebender Prahlsucht dienten, sondern denen sie das waren, was sie jeder Mutter sein sollen: Seelenblumen, von Gott dem Elternhause anvertraut, um, von des Vaters Hand begossen und von dem Mutterauge bestrahlt, zum Himmel emporzuwachsen. Sei versichert, dass solche Eltern an solchen Kindern nicht nur im Diesseits Freude erleben, denn bei solcher aufwärts strebender Pflege steigen Vater und Mutter selbst mit himmelan!"
Nach diesen Worten trat wieder, wie schon einmal, eine Pause ein, während welcher der Münedschi leise, für uns unverständliche Worte vor sich hin murmelte. Dann hörten wir die Stimme Ben Nurs wieder laut sagen:
„Nein, du darfst nicht länger hier verweilen; die Zeit ist abgelaufen. Komm!"
Ich behielt den Blinden aufmerksam im Auge. Er griff mit der Rechten zu, als ob er eine Hand erfasse, und ahmte mit der Linken leise die Bewegung des Schwebens nach. Dann hob er erst den einen und hierauf den andern Fuß, trat fest auf und sprach:
„Das ist die Erde wieder; ich fühle es. Nun führe mich zu dem Orte zurück, von welchem du mich holtest!"
Er begann jetzt, ohne sich um uns zu bekümmern, den Felsen wieder hinabzusteigen. Dies geschah ganz in der für uns so unerklärlichen Weise, wie er heraufgeführt worden war. Er hielt sich nicht an und kam doch, ohne zu straucheln, hinunter, während wir uns Mühe geben mussten, nicht auszugleiten und zu

fallen. Es war wirklich wunderbar! Es drängte sich mir wieder der Gedanke auf, dass er trotz allem doch wohl sehend sei; aber ich musste ihn von mir abweisen, weil ein solcher Betrug einfach unmöglich war.

Unten angekommen, gingen wir wieder still hinter ihm her. Er schritt ganz genau auf dem Wege zurück, den wir gekommen waren, ohne nur ein einziges Mal zu zögern. Auch setzte er sich, als wir unsern Platz erreicht hatten, ebenso genau auf derselben Stelle nieder, auf welcher er vorher gesessen hatte.

„Ich danke dir, Ben Nur, du treuer, lichter Begleiter meiner Seele!“ sagte er mit halblauter Stimme; dann lehnte er den Oberkörper an den Felsen zurück, und nach kurzer Zeit hörten wir an seinen leisen, regelmäßigen Atemzügen, dass er schlief.

Aus: Am Jenseits. Freiburg 1899.

Das ‚hohe Haus'

Kara Ben Nemsi ist auf seiner Reise im ‚Reiche des silbernen Löwen' (Persien) zu Gast in einem fruchtbaren Tal, das vom Stamm der Dschamikun bewohnt wird, dessen geistiger Führer ein alten Weiser, genannt Ustad, ist. Dort erblickt Kara eine Ruine, in deren Architektur sich die spirituelle Entwicklung der Menschheit spiegelt.

Die Sonne stand jetzt fast im Scheitelpunkte; also lag das Innere des Tempels, durch welchen ein reger Lufthauch strich, in kühlem Schatten. Ich lehnte mich an die Außenseite der Säule und ließ mein Auge rundum wandern gehen.
Im Osten schlossen sich die Berge bis auf jene Lücke, welche den Weg nach dem Hasen- und Kurierpass offen ließ. Im Norden ragten himmelhoch die stillen, ernsten Gipfel, die durch Nadel- und dann Laubwald, immer wilder werdend, zu den Gärten und mit diesen bis mitten in den Duar hinabstiegen. Im Süden stand ich hier auf frommer Höhe, und im Westen trat das „hohe Haus", den Blick gefangen nehmend, aus dem mächtigen Massiv der schweren Felsenwand hervor.
Tief unten lag der See. Da die Sonne fast senkrecht über ihm stand, so strahlte er in jenem köstlichen, adularen Blauweiß, welches den ceylonischen Mondsteinen eigen war, die mir in den Juwelenläden von Colombo zum Kaufe angeboten wurden. Auf dem Hauptwege des Duar herrschte reges Leben. Die Bewohner begannen, ihre Häuser und Zelte zu verlassen, um zum Beit-y-Chodeh emporzusteigen. Die Frauen und

Es war ein Bild der Eintracht und des Friedens.

Musste der Mensch sich von den Menschen durch Mauern trennen ... ?

... so hatte früher wohl ein steinerner Gangweg hinaufgeführt.

wenigstens dieselben Dimensionen, wie die weltberühmten Mauersteine, welche die Umfassungsmauer von Baalbeck bildeten. Ich selbst bin, um ihn auszuschreiten, dort auf einen Block gestiegen, den man Chadschar el Hubla nennt, und habe ihn über einundzwanzig Meter lang, mehr als vier Meter hoch und genau vier Meter breit gefunden. Und hier am „hohen Hause" zählte ich sechs Lagen solcher Steine. Sie waren nicht durch Mörtel, sondern durch ihre eigene Schwere miteinander verbunden und hatten so fein und genau geschliffene Seiten, dass von da aus, wo ich stand, selbst nach verflossenen Jahrtausenden die Fugen nicht überall deutlich zu erkennen waren. In gleicher Höhe mit ihnen lagen in den Seiten des Berges die Brüche, denen man diese Kolosse entnommen hatte. Sie waren dunkel, fast schwarz gefärbt. Welche Art von Gestein, das konnte ich natürlich von so weit aus nicht bestimmen.
Was für Innenräume waren durch diese Quader wohl nach außen abgeschlossen worden? Es gab in gewissen Zwischenräumen Oeffnungen, um Luft und Licht den Zutritt zu gestatten. Ich war sehr wissbegierig, zu erfahren, ob man noch heut von oben da hinuntersteigen könne. Da die Treppe eine spätere Erfindung ist, so hatte früher wohl ein steinerner Gangweg hinaufgeführt. War ein solcher doch sogar bis fast auf die Spitze des babylonischen Turmes, natürlich in Spiralen, angelegt gewesen! Jene Zeit verwendete kolossale Kräfte auf den Gebrauch kolossaler Mittel. Waren die Zwecke entsprechend groß? Wer will und kann die Antwort übernehmen?

Diese Riesenquadermauer erreichte nicht die volle Breite des Felsenfundamentes. Es war überhaupt jedes folgende Stockwerk schmäler als das vorhergehende gebaut, dafür aber mehr artikuliert. Je mehr der Geist den Stoff beherrscht, desto weniger ist von dem letzteren zu gleichem Zwecke nötig. Die obere Lage der Steine war etwas vorgerückt, vielleicht den sechsten Teil von ihrer Breite. Dadurch war der Abschluss erreicht worden, der zugleich als Brüstung für das jedenfalls glatte Dach gedient hatte.

Welchem Zwecke hatte dieser zyklopische Bau gedient? Der Verehrung des großen, einzig-einen El, dessen Name in so vielen Gottesnamen wiederklingt? Warum ihm, dem „Allanwesenden" und „Nieverschwindenden" diese unzerstörbaren Felsenblöcke auf unwandelbarer, von der Natur selbst hergestellter Unterlage?

Wie lange wohl hatte das obere Dach dieses Souterrain, wie ich es nennen will, das Sonnenlicht geschaut? Wer kann es sagen! Dann waren andere gekommen und hatten weitergebaut. Die folgende Etage war, wie bereits erwähnt, schmäler; auch trat sie etwas zurück, um eine Vorhalle bilden zu können. Auch sie bestand aus schweren Werkstücken, welche teils dem schon angegebenen, teils den darüberliegenden Brüchen entnommen waren. Das Material der letzteren hatte hellere Farbe. Darum schaute die Etage nicht so sehr tiefernst, fast drohend wie das Erdgeschoß zu mir herüber. Sie war nicht hoch, zeigte dafür aber schon das Bestreben der Gliederung und des figuren-

Geflügelte Wesen! ... welche nach altiranischem Glauben den Himmel bevölkerten

bildenden Meißels. Die vordere Seite wurde nicht von einer kompakten Mauer gebildet, sondern von starken, breiten, ungemein tragfähigen Pfeilern, deren Zwischenräume dem Sonnenlicht direkten Zutritt gewährten. Der Abschluss über ihnen ließ schon den Versuch zur Bogenlinie sehen. Die beiden Pfeiler, welche den Haupteingang bildeten, fielen mir ganz besonders auf. Es traten aus ihnen zwei höchst eigenartige Hochreliefs hervor, welche sitzende Figuren bildeten, an denen die Zeit leider nicht schonend vorübergegangen war. Doch konnte man noch recht wohl erkennen, dass es sich um die Darstellung eines Wesens handelte, dessen Personifizierung vier Gesichter hatte. Durfte ich diese Figuren nur als Andeutung der Himmelsrichtung, der vier Winde betrachten? Ganz gewiss nicht. Wer wurde mit vier Gesichtern abgebildet? Brahma. Aber ihm direkt war doch nie ein Tempel geweiht! Und die Reste, welche von der einstigen Vorhalle noch übrig waren, deuteten auf das alte Persien, nicht aber nach Indien hin. Sie war von einem auf leichteren Pfeilern ruhenden Dach überdeckt gewesen. Wahrscheinlich hatte es den Himmel darstellen sollen. Es war längst eingefallen, und von den Pfeilern standen nur noch zwei, deren Knäufe menschlichen Köpfen mit Hals und Schultern glichen. Von den letzteren gingen nach den Seiten Flügel aus, um das Architrav zu bilden. Geflügelte Wesen! Sollte diese Meißelarbeit auf die Strahlenflügel schlagenden Amschaspands deuten, welche nach altiranischem Glauben den Himmel bevölkerten und im Sonnenlichte zur Erde niederschwebten, um die Wünsche der Menschen im Gebete zu Gott emporzutragen?

Man darf heutzutage kaum mehr von den Engeln reden, obgleich sogar in der Bibel zu wiederholten Malen und deutlich genug von ihnen erzählt und gesprochen wird. Warum? Der eine versteht unter ihnen wirklich existierende Geschöpfe Gottes; der andere lässt sie nur als Personifikationen gewisser Kräfte oder Eigenschaften gelten. Welcher von beiden hat recht? Aber wer gab dem anderen die Erlaubnis, über den beglückenden Kindesglauben des einen zu zürnen? Und von wem wurde diesem einen der Auftrag, dem anderen zu verbieten, die Ursachen und Wirkungen im Bereiche der irdischen Natur zu poetischen Gestalten zu verklären? Die heilige Schrift bedient sich beider Anschauungsweisen. Sie erzählt von persönlich auftretenden Engeln, und sie spricht von Winden und Feuerflammen, die sie Engel nennt. Nur der Mensch allein ist es, der da ewig deutelt!

Abermals zurücktretend und wieder etwas schmäler folgte nun ein zweietagiges Geschoß. Es stellte sich, obgleich aus hellerem Material gebaut, nichts weniger als freundlich dar. Es hatte nur oben Fensteröffnungen, nicht aufrecht stehend, sondern waagrecht liegend, als solle jeder Blick von außen her abgewiesen werden. Wie schmal, wie niedrig sie doch waren! Und unten gab es nur eine ebenso schmale Tür, deren Oberschwelle von zwei steinernen Tafeln gebildet wurde. Sie hatten eine Schrift enthalten, welche man wahrscheinlich noch jetzt entziffern konnte, doch sah ich, dass sie durch einen quer darübergehenden Riss wie ausgestrichen worden war. Sie hatten nicht Festigkeit genug gehabt, den Druck von oben auszuhalten. Dieser Bau sah ganz so aus, als müsse sein Bewohner jeden Augenblick aus der engen Tür treten, um in alle Welt hinauszurufen: „Dass sich mir niemand nahe! Ich bin der Auserwählte von Anfang an und werde es ewig bleiben!“ Auf dem Vorhofe sah es wüst aus. Auf Haufen von Schutt und Scherben wucherte dichtes Unkraut. Besonders vor der Tür waren die Disteln und Stechranken so undurchdringlich geworden, dass der erwähnte imaginäre Bewohner am besten drinzubleiben und zu schweigen hatte. Ueppige Dornen wanden sich auch um den Ueberrest eines steinernen Gebildes, dessen Gestalt ich also nicht erkennen konnte. Es schien eine Säule zu sein, die sich in sieben Arme geteilt hatte. War es vielleicht ein Kandelaber gewesen? Aber die Arme hatten einander nicht gekreuzt gegenübergestanden, sondern ihre noch vorhandenen Stümpfe zeigten, dass sie nebeneinander, also in gleicher Fläche, emporgerichtet gewesen waren. Wo gibt oder gab es solche Leuchter? Wem war das siebenfache Licht verlöscht, als jener Riss dort an der Thür quer über die beiden Tafeln ging? Hatte der „allanwesende El“ da unten im Erdgeschoß nicht Macht genug besessen, die Leuchter hier oben zu schützen? Oder hatte man sein vergessen gehabt, grad so, wie man das Vermächtnis dessen vergaß, der einst in Chaldäa sein wirklich Auserwählter gewesen war?

Auf dem Vorhofe sah es wüst aus.

Jede der bisherigen Etagen hatte, wenn nicht einen besonderen Stil, so doch wenigstens Einheitlichkeit. Nun aber kam ein Geschoss, welches nur das Einheitliche besaß, dass die Gesamtfassade aus einem und demselben Material bestand. Dies war ein weißlichgrauer, dichter Kalkstein, vermengt mit den Ueberresten fossiler Organismen, Schnecken, Muscheln und Korallen. Das Bauwerk erhielt durch diese hellere Färbung, welche auch die in gleicher Höhe liegenden Brüche zeigten, ein freundliches, beinahe einladendes Aussehen; leider aber wurde dieser gute Eindruck fast vollständig dadurch aufgehoben, dass es sich in allen übrigen Beziehungen als ein architektonisches Quodlibet darstellte. Es gab Tore und Türen in den verschiedensten Formen und Größen. Eine imposante Freitreppe führte zu einem so engen und niedrigen Türchen, das man nicht aufrecht passieren konnte; man war gezwungen, zu kriechen. Und vor einem hohen, breiten, weitgeöffneten Tore lag eine alte, schmale, wackelige, hölzerne Treppenstiege, der eine ganze Anzahl von Stufen abhanden gekommen waren. Es gab Eingänge ganz zur ebenen Erde und aber auch solche, die man nur per Leiter erreichen konnte.

In so ganz verschiedener Höhe lagen auch die Fenster, bei denen die Ungleichheit noch viel größer als bei den Türen war. Keines befand sich in gleicher Höhe mit dem anderen. Neben breiten, hohen Saal- oder Kirchenfenstern gab es kleine, arme Gucklöcher, in die kein Mensch den Kopf zu stecken vermochte. Hier war eines vollständig unbeschützt, dort ein anderes mit einem so starken Laden versehen, als ob man sich vor ganzen Räuberbanden zu fürchten habe. Man denke sich hierzu die ebenso unregelmäßig und verworren angebrachten, oft ganz schief gehenden Haupt-, Brüstungs-, Gurt-, Kämpfer- und Sockelgesimse, die Eckarmierungen und Lisenen, die „Säulen- und Pilasterstellungen“, zwischen denen es keine einzige verbindende Idee gab, so kann man sich wohl schwerlich darüber wundern, dass der Fremde, von welchem Tifl mir erzählte, dieses Bauwerk hässlich genannt hatte. Ein anderer hätte es wohl gar als lächerlich bezeichnet, was doch noch schlimmer als nur hässlich ist!

Und das Dach, oder vielmehr die Dächer? Denn ein einheitliches Dach, das gab es nicht. Ich sah zwei einander nahestehende, sehr hohe Abteilungen, welche noch gar nicht ausgebaut waren, von ihnen eingeengt aber, kaum einige Meter breit, ein winziges Parterregelass, dessen nadeldünne Turmspitze zwischen den beiden anderen hoch empor und weit über sie hinausragte. Tief unten eine Zwiebelkuppel, hoch oben über ihr ein Schindeldach! Daneben ein mit Ziegeln gedeckter Balkenreiter! An dem einen Ende ein runder Quaderturm, stolz für die Ewigkeit gebaut, und doch schon fast in sich zusammengestürzt, weil auf die allerschwächste Stelle der Unterlage gesetzt. An dem anderen ein hagerer, schiefer Campanile, auch noch nicht fertig, weil er beim Weiterführen unbedingt eingestürzt wäre, denn man hatte ihn zwar absichtlich schief gebaut, aber den Schwerpunkt falsch berechnet.

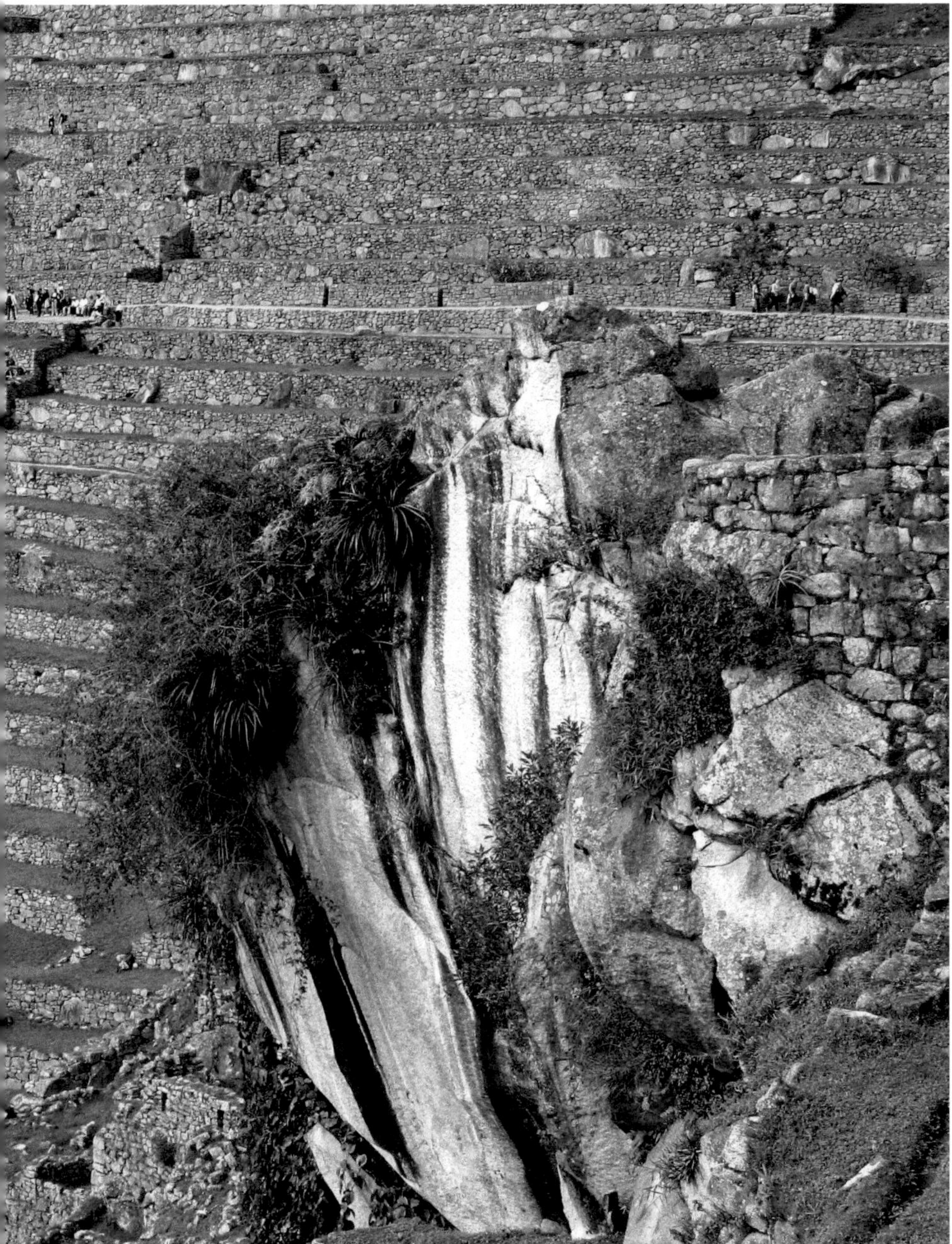

Eine imposante Freitreppe führte zu einem so engen und niedrigen Türchen ...

Wer war der Architekt, der dieses Unikum ersann? Oder hat ein solches Quodlibet gar nicht in seiner Absicht gelegen? Hat er keinen Plan, keine Zeichnung hinterlassen? Hat er keine Weisungen gegeben? Kein einziges Wort über die Aufgaben gesagt, die er den Arbeitern zu stellen hatte? Sollte es nicht eine Wohnung für viele unter einem einzigen Dache werden? Wo sind die hin, welche anfingen, und dann die, welche aufhörten, hier zu bauen? Warum steht das ganze Gebäudekonglomerat jetzt leer? Warum haben nicht einmal die Dschamikun sich entschlossen, es zu bewohnen? Befürchten sie, dass es zusammenbrechen werde? Oder ist ihnen ihr auf Gottes ebenem Boden und am klaren Wasser liegender Duar lieber als die fremdartige, untrauliche Baute, die wie die Bergeszellen am Dschebel Qarantel bei Jericho nur unfreiwilligen Anachoreten zur Wohnung dienen konnte? –

Aus: Im Reiche des silbernen Löwen III. Freiburg 1902.

Hitze wohlzufühlen! Das ist hier ja schlimmer als unten bei uns! Diese Sonnenglut! Kein Mensch bringt mich im Juli und August wieder in dieses Nordseebad! Die reinen Hundstage! Wollen wir vielleicht versuchen, ob es am Aequator kühler ist, Bruderherz?"

Pluto zog sein Taschentuch, wischte sich den Schweiß von der Stirn und antwortete: „Aequator? Nein! In dieser Hitze gehe ich keinen Schritt. Ich bleibe einfach bis zum Dezember sitzen. Da wird es kühl. Ich lobe mir den Schnee!"

Da horchte Vulkan auf.

„Schnee!" rief er aus. „Höre, auf den äußeren Planeten soll es sogar im Sommer schneien, nämlich oben auf den Bergen. Ich habe kürzlich zwei Halbgötter bei mir als Tagelöhner angestellt, für monatlich zwölf Taler fünfundzwanzig Silbergroschen, ohne Kaffee und Weihnachtsgeschenk. Der eine stammt vom Uranus und der andere vom Neptun. Ich selbst habe in den Dienstbüchern nachgeschlagen. Die erzählten mir, dass es da oben Berge gibt, auf denen sogar im Hochsommer das Eis nicht alle wird."

„Wirklich?" fragte Pluto etwas ungläubig.

„Wirklich!" bestätigte Vulkan. „Diese Arbeiter flunkern nicht, denn sie sind nicht auf der Erde geboren."

„Aber da könnten wir uns doch sofort die allerschönste Kälte verschaffen!"

„Wieso?"

„Wenn wir Berge machten! Weißt du, entweder einzelne oder gleich so ein ganzes plutonisches oder vulkanisches Gebläse und Geschiebe, was man Gebirge nennt. Ich glaube, wenn wir es sechs- bis achttausend Meter hoch machen, so erreichen wir eine Abkühlung, um die man uns sogar auf dem Neptun und Uranus beneiden würde. Und bei neuntausend Metern bringen wir es ganz gewiss auf ein zwanzig Leipziger Ellen tiefes Gletschereis. Was meinst du dazu?"

„Hm!" brummte Vulkan. „Der Gedanke ist gar nicht so übel. Wir haben ja alles, was dazu gehört: Granit, Gneis, Porphyr und wie die Steine alle heißen. Nur den Sand hat uns das Meer weggeschwemmt. Zum Spaße können wir ein bisschen Steinkohle mit dazutun, oder Erz, wenn es nicht gar zu teuer wird!"

„Zu teuer? Mir kommt es auf einige Zentner Silber oder Kupfer nicht an, wenn es mir nur gelingt, mich abzukühlen. Wollen wir eine Probe machen, Kollege?"

„Ganz recht, eine Probe! Bei solchen Dingen ist es nicht geraten, gleich hoch hinauszugehen, weil es dann Jahrhunderttausende dauert, ehe man das Zeug wieder zurückgespült bekommt. Ich schlage vor, wir machen zunächst ein Modell."

„Gut, ein Modell. Wie hoch?"

„Nun, sagen wir tausend Quadratfuß ins Geviert, Bei einer Höhe von höchstens vierzig Brabanter Ellen."

„Einverstanden! Wann fangen wir an? Morgen oder übermorgen?"

„Warum nicht gleich? Morgen, morgen, nur nicht heute, sagen alle faulen Leute. Ich aber pflege so etwas nicht aufzuschieben. Also komm! Machen wir uns ans Werk!"

Sie nahmen sich bei der Hand und fuhren in das Erdinnere hinab, wo sie sich den Oberarchitekten, den Hochbaumeister und den Materialienverwalter kommen ließen, um ihnen ihren Plan mitzuteilen und sich die vorhandenen Vorräte zeigen zu lassen. Diese sind rund um das ewige Feuer aufgestapelt, in welches die Stoffe geworfen werden, um sich in der Weißglühhitze in Gase zu verwandeln. Diese werden emporgeblasen und auf dem Wege nach oben in der Weise zurückverwandelt, dass sie mit der emporgehobenen Erdrinde die beabsichtigte Form und Masse bilden.

Als Pluto und Vulkan sich mit dem Architekten und dem Baumeister über die Gestalt und Größe des Modells verständigt hatten, musste der Verwalter die Vorratsräume aufschließen. Die Mischung stand ganz im Belieben der beiden hohen Götter. Sie nahmen Gneis, Granit, Glimmerschiefer, Tonschiefer, Porphyr, Basalt und verschiedene Quarzite.

„Tu' auch ein bisschen Serpentin hinein," bat Vulkan. „Der ist gut zu Gräberplatten für unberühmte Menschen. Wer ihn findet, der findet ihn!"

„Sehr gern!" antwortete Pluto. „Hast du noch einen Wunsch?"

„Nur, wenn du bei guter Laune bist!"

„Beim Modellieren allemal. Das kostet wenig und macht doch viel Vergnügen."

„Bon! Da drüben liegen die Erze. Ich sehe Zinn, Nickel, Kobalt, Zink, Wismut, Kupfer und Blei. Wie wäre es, wenn wir eine Probe von jedem mit hinunterschaufeln ließen?"

„Einverstanden! Ich will sogar auch Silber dazu geben und eine Prise Gold. Weißt du, Vulkan, wenn wir es bis zu Gletschern bringen können, ist mir bei der heutigen Hitze wirklich nichts zu teuer.“

Die Halbgötter machten die Form des Modells. Die Viertelgötter füllten sie mit Erz und Stein. Das ging so schnell, dass man in zehn Minuten fertig war. Dann kamen die Achtel- und Sechzehntelgötter, um den Probeberg in das ewige Feuer zu werfen. Er wurde sofort von der Glut gepackt und aufgelöst. Ein zischender Blitz fuhr nach oben; dann war das Werk geschehen.

„Jetzt komm,“ sagte Pluto. „Wir wollen sehen, ob es uns gelungen ist, die Erdrinde zu durchbrechen.“

Sie fuhren wieder nach oben. Die Erde ist groß, und das Modell war klein. Menschen hätten es gewiss niemals gefunden. Götteraugen aber sind bekanntlich scharf. Und weil die Erde damals noch nicht die allergeringste Erhöhung hatte, sahen Pluto und Neptun das zurückverwandelte Modell sehr bald genau auf dem dreizehnten Grad östlich von Greenwich liegen, und zwar fünfzig Grad und zwanzig Minuten nördlicher Breite. Das war sehr leicht zu bestimmen, weil damals die Längen- und Breitengrade noch nicht verwischt und mit sehr deutlichen Nummern versehen waren.

Welch eine Freude, als die beiden Götter nach einer sehr eingehenden Untersuchung erkannten, dass der kleine Probeberg ihren Erwartungen vollständig entsprach.

Vulkan lachte vergnügt und sagte:
„Du, Pluto, die Sache kann sich machen! Wir multiplizieren das Modell sovielmal, wie es nötig ist, um achttausend Meter Höhe herauszubekommen. Die Rechnung ist sehr leicht. Meinst du nicht auch?“
„Allerdings,“ nickte der Gefragte. „Aber der Wassergott wird sich beleidigt fühlen.“
„Warum?“
„Wenn wir die Erde heben, drängen wir sein Wasser zurück. Siehst du das nicht ein? Er wird über diesen Gebietsverlust gewaltig räsonieren.“
„Das glaube ich nicht. Lass mich die Sache machen! Ich fange das ganz schlauerweise an. Er will doch auch einmal aufs Trockne. Wenn wir ihm erlauben, in den Wolken zu uns zu kommen und auf unseren Bergen Bäche und Flüsse anzulegen, so ist das ein Geschäft für ihn, wie er es gar nicht besser machen kann. Ich werde mit ihm sprechen. Du kannst inzwischen wieder niederfahren und an die Arbeit gehen. Ich sage ihm gar nicht, dass wir sein Wasser zu den Gletschern brauchen. Du weißt es ja, man muss mit anderen Göttern stets so vorsichtig wie möglich sein, zumal wenn man selbst einer ist! Wenn du alle deine Untergötter scharf zusammennimmst und ich die meinen dazufüge, können wir schon morgen einen Berg bis über die Wolken heben, der allen Ansprüchen genügt, die wir zu machen haben.“
„Und das Modell?“

„Das hat seinen Zweck erfüllt. Wir lassen es hier liegen."

„Ja, als Merkstein oder als Standpunkt, von welchem aus wir morgen zusehen, wie der beabsichtigte Berg sich vor unseren Augen erheben wird."

„An welcher Stelle?"

„Von hier aus grad im Süden, wenn du nichts dagegen hast. Er wird an seinem Fuße eine Breite von zwei geographischen Meilen haben. Es wird sogar für uns Götter ein großartiges Schauspiel werden, wenn er sich majestätisch aus der Erde erhebt und immer höher wächst, bis er den Himmel zu erreichen scheint. Beliebt es dir vielleicht, die Stunde anzugeben, in welcher dies geschehen soll?"

„Ich bitte, punkt zwölf Uhr zu Mittag. Jetzt gehe ich zum Wassergott, und du steigst in die Tiefe. Sobald ich mit ihm gesprochen habe, komme ich dir nach."

Sie trennten sich, um dann den ganzen Nachmittag und die ganze Nacht hindurch an den Vorbereitungen zu dem beabsichtigten plutonisch-vulkanischen Werke zu arbeiten. Das geschah nicht, ohne dass die irdische Kreatur etwas davon merkte. Ein dumpfes Rollen ging zuweilen durch die Erde. Die See schlug kürzere Wellen als gewöhnlich. Die Winde wussten nicht genau, wohin. Das Licht hatte einen fahlgelben Schein. Die Wolken zogen sich ängstlich zusammen. Das Getier verkroch sich, als ob es fühle, dass etwas Ungewöhnliches im Anzuge sei. Die Sonne schien in ihrem Laufe zu zögern. Sie wäre am liebsten wieder umgekehrt; aber da sie sich kontraktlich

Es wird sogar für uns Götter ein großartiges Schauspiel werden ...

verbindlich gemacht hatte, sich an jedem Mittage genau Punkt zwölf Uhr am Zenite einzustellen, so lief sie heute von elf Uhr an dann etwas schneller, um das Versäumte nachzuholen. So kam es, dass sie schon dreiviertel zwölf den Scheitelpunkt erreichte und eine ganze Viertelstunde warten musste, bis Pluto und Vulkan bei dem Modell erschienen, um den erwarteten, imposanten Anblick zu genießen.

Es war in der ganzen Natur eine tiefe Stille eingetreten, jene bekannte Stille, welche großen, noch unbekannten Ereignissen vorauszugehen pflegt. Dann aber rollte und grollte es in der Tiefe, erst leise, dann lauter und immer lauter. Zuweilen krachte es, oder es knatterte, worauf es klang wie ein gewaltiger Kanonenschuss.

„Es beginnt," sagte Pluto. „Pass auf! Da, grad im Süden muss er aufsteigen."

Sie wandten ihre ganze Aufmerksamkeit nach dieser Richtung hin und sahen also nicht, dass sich im Norden von ihnen eine ganz, ganz geringe Erhebung zu bilden begann. Aber als Vulkan sich doch einmal umschaute, bemerkte er diese kleine Bodenveränderung.

„Was ist denn das?" fragte er. „Da unten scheint die Erde Blasen zu bekommen!"

Da drehte sich auch Pluto um, schaute hin und rief erschrocken aus:

„Was sehen meine Augen? Das sind ja die Rochlitzer Berge, nur hundertsiebzig Meter über dem Meere! Und ganz, ganz da draußen, das ist der Kreuzberg bei Berlin! Wo sind denn meine schönen Gase hingeflogen?!"

„Was bewegt sich denn dort im Westnordwesten?"

„Das sind ein paar Bodenwellen, die zwischen Altenburg und Reichenbach liegen."

„Und da drüben rechter Hand?"

„Das ist die Freiberger Gegend. Da sind die Erze hingeflogen, denn es wackelt alles. Ich kenne das!"

„Da scheint die Sache also schief gehen zu wollen?"

„Wahrscheinlich. Sie geht in die Breite, anstatt in die Höhe!"

„Schade, jammerschade! Wie steht es da mit unseren kühlen Gletschern?"

„Warten wir es ab! Horch! Da hinter uns! Drehe dich um, schnell, schnell!"

Sie wandten sich wieder nach Süden, wo sich die Erdoberfläche im höchsten Grade unregelmäßig hob und senkte.

Sie gewann aber sofort Ruhe, wo sich ein fester Berg gebildet hatte. Götter wissen bekanntlich alles; darum konnten Pluto und Vulkan sofort die Namen dieser neuerstandenen Erhöhungen sagen.

„Dort kommt der Pöhlberg bei Annaberg," sagte Pluto. „Nicht weit davon der Scheibenberg. Ah, schau; da drüben arbeitet sich der Spitzberg empor!"

„Der Auersberg, der Rammersberg, der Schneckenstein," fügte Vulkan hinzu. „Und dort, dort, dort! Jetzt geht es los! Jetzt kommen unsere Gletscher! Das wächst ja riesenhoch!"

Die werden nur ganz wenig über zwölfhundert Meter hoch!

„Glaube es nicht!“ warnte Pluto. „Das ist der Fichtelberg und der Keilberg. Die werden nur ganz wenig über zwölfhundert Meter hoch! Wir haben die Gase nicht zusammengehalten. Das ist ein Fehler, der gar nicht zu verzeihen ist. Sie haben in die Breite gewirkt, anstatt nur in die Höhe. Anstatt einen einzigen, himmelhohen Berg zu bekommen, haben wir es nur zu einem niedrigen, aber langen Gebirge gebracht, welches von Hof bis Bodenbach reicht und höchstens von späteren Geschöpfen bewohnt werden kann, die wir wahrscheinlich Menschen nennen werden, für Götter aber, wie wir sind, vollständig unbe — — — halt!“ unterbrach er sich. „Pass auf! Nimm dich in acht, Vulkan! Merkst du etwas unter unseren Füßen? Komm schnell herauf auf das Modell und halte dich fest!“
Sie sprangen auf den kleinen Probeberg und klammerten sich an seinen Felsenzacken fest, denn der Boden begann unter ihnen zu wanken. Dann war es, als ob sie auf einem gigantischen Tiere säßen, welches sich schüttelte. Es erhob sich aus dem Schlafe. Es stand auf und wurde höher, hundert Fuß, fünfhundert Fuß, tausend Fuß. Dann blieb es, wie es war; aber es bückte sich nach vorn. Dadurch verlor das Modell den festen Halt. Es kam ins Rutschen, erst leise, langsam, dann schnell und immer schneller, bis es sausend in die Tiefe schoss, quer über das neu entstandene Tal hinüber, und dann so plötzlich liegen blieb, dass die beiden Götter weit fortgeschleudert wurden. Glücklicherweise sind Gottheiten auch körperlich unsterblich, aber etwas bange war es ihnen doch geworden. Sie standen auf

und sahen erst sich und dann die Gegend an, in der sie sich befanden.

„So etwas habe ich noch nicht erlebt!“ gestand Pluto. „Es ist ein tausendes Glück, dass es niemand gesehen hat! Wie befindest du dich, Kollege?“

„Verhältnismäßig wohl,“ antwortete Vulkan. „Nur da im Rücken hat es mich gepackt. Wahrscheinlich ein Hexenschuss oder so etwas Aehnliches. Du hast recht. Es trifft sich gut, daß wir allein gewesen sind. Hätte man uns bei diesem Rutsch gesehen, so wären wir blamiert wie alte, abgedankte Heidengötter! Es ist mir überhaupt, als ob unsere Ehre heute einen Stoß erhalten hätte. Diese misslungene Gletscherfabrikation bringt uns keine gute Zensur, höchstens die Viere-b! Wir können das unmöglich auf uns sitzen lassen!“

„Allerdings! Wir schieben es auf den Oberingenieur und auf den Hochbaumeister. Die werden freilich sagen, dass die Dämpfe und Gase unsere Sache seien, aber wozu hat man Untergebene, wenn man das Unangenehme nicht auf sie abladen kann! Und wenn einer kommt, der Laie ist und von der Geologie und Geodynamik nichts versteht, so sagen wir einfach, dass wir hier einen höchst gelungenen Versuch gemacht haben, zwischen Sachsen und Böhmen eine Grenze zu errichten, und in nächster Woche daran gehen werden, weiter im Süden hohe Gletschergebirge aufzubauen.“

„Du willst also doch noch Gletscher haben?“

„Natürlich. Hier aber ist das nun nicht mehr möglich, weil uns die Gase den ganzen Untergrund zerklüftet und verdorben haben. Wir müssen uns also nach dem Süden wenden. Und zwar haben wir das gleich en gros zu betreiben, damit die heutige Schlappe vergessen wird. Ich nehme da ein Gebiet in Aussicht, welches von der Wien-Triester Eisenbahn bis an die spanische Grenze geht und die gehörige Breite besitzt, schwere Alpenstöcke tragen zu können. Das eröffnet für spätere Jahrtausende einen interessanten Ausblick auf Sennerinnen, Wildschützen, Bergfexe, Schweizerkäse und Eierschmarren, ein Gedanke, der mir schon am heutigen Tage höchst sympathisch ist, wenn ich bedenke, in was für einer unbelebten, leeren Szenerie wir uns in diesem Augenblick befinden."

„Nach Nektar und Ambrosia sieht es freilich hier nicht aus. Und auch, wenn ich die Augen zumache und in die Zukunft schaue, geht es hier so ziemlich ärmlich her. Ich sehe da meist arme Weber, Strumpfwirker und Spitzenklöpplerinnen. Sollte mich freuen, wenn so ein armer Wurm recht billig in den Besitz unseres Modelles und auf den Gedanken käme, in seinem Inneren nachzusuchen. Wieviel Silber hast du wohl hineingetan?"

„Es ist sehr reichlich ausgefallen; du weißt ja, dass ich bei guter Laune war. Die Schaufel hat so ungefähr zwischen fünfzehn und zwanzig Pfund gefasst, und da das ‚Pfund fein' dreißig sächsische Taler wert ist, ergibt das einen Betrag von fünf- bis sechshundert Talern. Du weißt, dass ich dir in Beziehung auf das ‚In die Zukunft schauen' über bin. Ich mache auch die Augen zu, und was sehe ich da? Einen gewissen Berthold

Schwarz, der das erfindet, was wir Götter nicht erfunden haben, nämlich das Pulver. Mit diesem wird man unser Modell auseinandersprengen und das Silber finden. Ich vermute, dass es eine Stufe sein wird, denn ich verstehe mich auf die Metallurgie."

„Siehst du, wer der glückliche Finder sein wird?"

„Nicht deutlich. Es ist zwar auch ein bisschen Gold dabei, aber höchstens für zwei Doppellouisdor. Das findet man wohl kaum. Jetzt aber frage ich dich, ob wir hier noch etwas zu schaffen haben?"

„Ich wüsste nichts."

„So lass uns gehen!"

Als sie den Platz verlassen wollten, sah Pluto, dass Vulkan hinkte.

„Hast du Schmerzen?" fragte er.

„Na, und ob!" antwortete der Gefragte, indem er die Zähne zusammenbiss. „Dieser Hexenschuss geht mir bis in die Zehen. Der Anprall an die Felsenwand ist doch zu stark gewesen. Untersuche doch einmal, ob es kurabel ist!"

Pluto erfüllte diesen Wunsch und sagte dann im Tone des Bedauerns:

„Es ist irgendwo eine Flechse gesprungen. Du wirst also das Hinken behalten und zwar für immer."

Da sah ihn Vulkan erschrocken an.

„Wirklich?" fragte er.

„Ja, ganz gewiss!"

„Du, das ist schlimm, sehr schlimm! Wir Götter sind leider öffentliche Persönlichkeiten, über welche jeder Narr sprechen oder schreiben zu müssen glaubt. Man wird fragen, warum ich hinke. Wenn man dabei auf unseren heutigen Misserfolg und gar auf den unfreiwilligen Bergrutsch kommt, ist es mit unserem guten Rufe zu Ende. Ja, wenn die Mythologie nicht wäre, besonders die griechische und römische! Man weiß ja ganz genau, dass einst jeder Quartaner seinen ‚Mythologischen Leitfaden von Dr. Ebeling' in der Tasche haben wird, und infolgedessen ist es einem immer zu Mute, als ob man einige Dutzend Steckbriefe hinter sich her hätte. Es wäre geradezu fürchterlich, wenn in diesem Leitfaden erzählt würde, dass Vulkan hinkt, weil er seine Gase nicht zusammengehalten hat!"

„Dem ließe sich wohl abhelfen, lieber Bruder!"

„Wodurch?"

„Wir geben einen anderen Grund an."

„Welchen?"

„Mir fällt da der Zwist ein, den es im vorigen Herbst zwischen Jupiter und Juno gab. Du kamst dazu und hieltest es für deine Ritterpflicht, die hohe Göttin gegen ihren Gemahl in Schutz zu nehmen. Der aber nahm das übel und warf dich auf die Erde herunter. Du kannst es gar nicht verhindern, dass diese Affäre mit in die mythologischen Schulbücher kommt. Darum würde ich an deiner Stelle das Hinken als eine Folge dieses hohen Sturzes bezeichnen."

„Hm! Nicht übel! Es ist allerdings besser, man hinkt infolge einer

höflichen Umgangsform, als dass es heißt, man sei lahm geworden, weil das Modell mit einem durchgegangen sei. Es muss unbedingt verschwiegen werden, dass ich mir hier im Königreich Sachsen, zwischen Jöhstadt und Ehrenfriedersdorf, einen Hexenschuss oder einen Flechsenriss zugezogen habe, weil ich mit meinen unterirdischen Gasen nicht umzugehen weiß. Diese Schande würde ich wohl kaum überleben, obgleich mir meine Unsterblichkeit das ewige Dasein sichert. Ich nehme also deinen Vorschlag an und bitte dich, soviel wie möglich für die Tradition zu sorgen, daß ich infolge jenes Sturzes auf die Erde mir diesen kleinen Schönheitsfehler zugezogen habe. Nun lass uns gehen! Erlaube mir, daß ich mich auf dich stütze! Komm! Ich habe genug. Hier lasse ich mich gewiss nicht wieder sehen!"
Sie entfernten sich und sind dann niemals wiedergekommen. Wie man weiß, ist den beiden Göttern die beabsichtigte Täuschung sehr gut gelungen. Noch heute glaubt jedermann, dass Vulkan wegen Jupiters Gewalttat hinke. Aber wie jede Wahrheit endlich einmal an den Tag kommen muss, so hat auch diese durch den Mund des Herrn Pastors schließlich doch ihr Recht erhalten, und es steht zu erwarten, dass alle Leitfäden der Mythologie hiernach geändert werden. Man kann das mit der besten Ueberzeugung tun, denn das ‚Bergle' ist als glänzender Beweis noch heute vorhanden, wenn auch in etwas veränderter Gestalt. — — —

Aus: Das Geldmännle. In: Erzgebirgische Dorfgeschichten. Dresden-Niedersedlitz 1903.

Besuch im ‚Paradies'

Der Ustad, geistlicher Führer des Stammes der Dschamikun, führt mit Kara Ben Nemsi ein philosophisches Nachtgespräch. Dort entwickelt er die Schreckensvision eines ‚Paradieses' der Scheinreligiosität und des konfessionellen Haders.

Ich kam auf meinem Pferde Imtichat vom Dschebel Din herab in ebenliegendes Menschenland. Da kehrte ich ein und erfuhr, das hier der Weg zum nahen Paradiese sei. Ich ließ mir diesen Weg zeigen und folgte ihm. Die Leute, welche mir begegneten, schienen alle sehr fromm zu sein. Sie hielten die Hände gefaltet und schlugen die Augen ganz anders auf, als man für gewöhnlich tut. Bewohnte Zelte und Häuser gab es gar nicht mehr, dafür aber lauter Gebäude, welche Allah geweiht waren, wenn auch unter anderen Namen. Ich sah Moscheen neben hochfensterigen Bauten, an denen Türme standen, indische Tempel und chinesische Pagoden, malayische Götterhäuser und amerikanische Medizinzelte, hottentottische Götzenhütten und die in die Erde gegrabenen Andachtslöcher der Australen. Viele, viele Menschen strömten vor mir her. Sie alle wollten in den Himmel. Aber fast ebenso viele kamen traurig zurück, weil sie nicht hineingedurft hatten. Ich fragte sie, warum, und erfuhr, dass sie nicht im Besitze von Erlaubnisscheinen gewesen seien. Da ritt ich weiter. Das Gewühl wurde immer größer, bis ich das Tor des Himmels vor mir sah. Da hielt die Menge an, weil sich quer über den Weg das Chabl el Milal spannte. Ich war nicht da, um schon jetzt in den Himmel zu kommen und dort zu bleiben,

... bis ich das Tor des Himmels vor mir sah.

sondern nur, um ihn zu prüfen. Darum ging mich dieses Seil nichts an. Ich spornte mein Pferd, und es sprang darüber weg. Nun befand ich mich auf dem freien Platze vor dem Tore des Paradieses. An der sehr, sehr hohen Mauer standen herrliche Palmen, Bäume und Sträucher, welche prächtig zu blühen schienen. Aber da ich keinen Duft bemerkte, schaute ich schärfer hin, und da sah ich denn, dass es keine wirklichen, sondern nur gemalte waren. Nur ein einziger von allen war ein wirklicher Baum, aber ein höchst sonderbarer. Er war sehr niedrig, doch unendlich breit. Blüten und Früchte trug er nicht, aber tausende von eigentümlichen Blättern, welche die Form menschlicher Köpfe hatten, die lebendig zu sein schienen, denn sie bewegten die Augen immerfort, wobei sie mit den nie schweigenden Lippen plapperten. Ich drehte mich um und fragte einen der Dastehenden, was das für eine seltsame Pflanze sei.
„Das ist der Baum El Dscharanil," wurde mir geantwortet. „Kennst du ihn nicht? Er wurde hierher gepflanzt, weil der Baum der Erkenntnis, der einst mitten im Paradiese stand, abgestorben ist. Seitdem muss man die Blätter des El Dscharanil fragen, wenn man wissen will, ob man das Wohlgefallen Allahs besitze oder nicht. Denn nur sie allein sind es, denen er alle Geheimnisse seines Ratschlusses anvertraut, sonst niemandem weiter auf der ganzen Erde."
Kaum hatte ich dies erfahren, so wurde ich von einigen der Blätter gesehen. Es erhob sich erst ein unverständliches Flüstern. Dieses wurde immer lauter, je mehr Augen sich auf

mich richteten, bis sich endlich alle Lippen bewegten und meinen Namen riefen. Infolge dieses vereinten Geschreies taten sich alle in der Nähe liegenden Türen auf, und über mich ergoss sich eine Menge von Gestalten, von denen ich erdrückt worden wäre, wenn ich nicht hoch auf dem Pferde gesessen hätte. Ich spornte es zu einigen Seitensprüngen an, so dass ich freien Raum gewann, und fragte, was man wolle. Die Antwort erklang in allen Sprachen, die es auf der Erde gibt. Die mich Umringenden waren ja auch in die Trachten aller Völker gekleidet. Jeder von ihnen hatte etwas in der Hand, was er sein „heiliges Buch" nannte, und jeder von ihnen versicherte, dass er der einzig und allein berechtigte Aussteller der hier vorzuzeigenden Erlaubniskarte sei. Ich aber machte kurzen Prozess mit ihnen allen und verlangte die Unterschrift dessen zu sehen, von dem man diesen Himmel gepachtet habe. Das hatte noch niemand getan, und darum waren sie von dieser meiner Forderung so verblüfft, dass sie alle wieder in ihren Türen verschwanden. Ich konnte also ungehindert durch das Tor des Paradieses reiten. Doch als ich an dem Baum der Neugierde und Geschwätzigkeit El Dscharanil vorüberkam, riefen alle seine Köpfe in einem und demselben Tone:

„Er kommt zwar hinein, doch niemals wieder heraus. Wer dieses Himmelreich betritt, der ist verloren. Dafür haben wir gesorgt, wir, die Gottesstimmen!"

Hier machte der Ustad eine Pause. Welch ein Bild er mir da vor die Augen stellte! Fremdartig, aber nicht ganz unwahr.

 Wie groß war mein Erstaunen, als ich nichts zu entdecken vermochte

… was ich hätte himmlisch oder paradiesisch nennen können!

Was ich als gerecht denkender Beobachter dagegen zu sagen hatte, das hob ich mir für später auf, weil sein Gedankengang zu interessant war, als dass ich ihn in demselben hätte stören mögen. Er sprach auch sehr bald weiter:

„Sobald ich das Tor hinter mir hatte, blieb ich, mich umschauend, halten. Wie groß war mein Erstaunen, als ich nichts, aber auch gar nichts zu entdecken vermochte, was ich hätte himmlisch oder paradiesisch nennen können! Ich befand mich in einer unbeschreiblich kahlen, öden, leblosen Traurigkeit. Man hatte es nicht einmal für der Mühe wert gehalten, die Innenseite der Mauer ebenso zu bemalen wie die äußere. Die Malereien da draußen waren angebracht worden, durch die mit ihnen bezweckte Täuschung die kurzsichtigen und vertrauensseligen Gläubigen anzulocken. Da man aber keinen, der das Chabl el Milal hinter sich hatte, wieder zurückkehren ließ, so hielt man es nicht für nötig, diese Beschönigungen dann im Paradiese fortzusetzen. Ich sah weder Baum noch Strauch. Kein Wasser floss. Kein Weg war zu erkennen. Nichts als verwehte Spuren im ausgetrockneten, unfruchtbaren Sande, so lag vor meinen Augen das sogenannte Eden, von welchem die ‚Erleuchteten des Herrn' in hundert Zungen der Verzückung sprachen! Es musste jedem Fuße grauen, einen Vorwärtsschritt in diese wüste Hoffnungslosigkeit zu wagen. Und doch schien man es für ganz selbstverständlich zu halten, dass jeder Angekommene diese ihn ganz unvermeidlich packende Angst zu überwinden habe. Es war dafür gesorgt, dass kein am Eingang Stehengebliebener den Nachfolgenden diese seine Bangigkeit verraten konnte. Es gab hier schnellbereite Wesen, welche ihn sofort wegzuschaffen hatten. Sie standen zu beiden Seiten des Tores, um, hinter der Mauer versteckt, bei jeder neuen Ankunft als vorzüglich auf den Mann dressierte Kamele und Esel schnell herbeizueilen, damit niemand Zeit finde, bedenklich zu werden. Auch als ich erschien, rührten sie augenblicklich die Beine. Da aber sahen sie mein Pferd. Das war genug für sie, mir fern zu bleiben. Wie bei den Menschen alles Unedle von dem Edlen abgestoßen wird, so auch hier bei diesen Tieren. Ich nahm mir Zeit, sie zu betrachten. Die Esel waren alle von tiefdunkelster Farbe, klein, fast winzig, doch mit so hochgehendem Sattelgestell, dass der Hinaufgekletterte sich wohl sehr erhaben vorkommen konnte. Anstatt des gebräuchlichen Riemenzeuges gab es nur eine kurze Aufsatzleine, welche das Maul des Esels so in die Höhe zog, dass die Augen nichts mehr von der Erde, sondern nur noch den Himmel sehen konnten. Das war so tierquälerisch, das ich den Kopf über den Unverstand schütteln musste, der zu dem Naturzwange, zu allem immer nur ‚Ja' sagen zu müssen, auch noch diese ‚Köpfe-hoch-Dressur' zu fügen weiß! Aber dieses Zuviel für das Tier hatte man durch ein Zuwenig für den Reiter ausgleichen zu müssen gemeint: Es gab für ihn keinen Zügel, um den Esel zu lenken. Er musste einfach dorthin, wohin der letztere abgerichtet worden war."

Der Ustad hatte während dieser Beschreibung mit gebeugtem

„Ich habe es getan. Ich ritt davon, mit offenem Auge in dieses vielgerühmte Himmelreich hinein. Fragst du mich vielleicht, wie lange es dauerte, bis ich es kennen gelernt hatte? Ein ganzes, ganzes Menschenelend lang! Soll ich beschreiben, was ich sah, was ich entdeckte? Wer kann Unbeschreibliches beschreiben! Schon gleich am ersten Tage blieb ich nicht allein. Der Menschheitsjammer kam zu mir und weinte mir aus tiefen Augenhöhlen zu. Er hat mich nicht verlassen bis zum letzten Schritt. Das Erdenweh gesellte sich zu mir. Es kroch zu mir aufs Pferd und schlang die Arme fest um meine Hüften. Des Lebens Elend fasste meinen Bügel und schleppte sich an meiner Seite weiter. Es kam die Not gerannt und griff in die Kandare, um mich in meiner Richtung zu beirren. Wenn sich die Dämmerung senkte, tanzten die Schatten des Verbrechens vor mir her, und in der stillen Nacht begannen Schuld und Strafe hinter mir zu heulen. Ich ritt wochenlang durch Trümmerstätten, in denen mich der hohnlachende Menschenwahn als Gespenst der Vernichtung begrüßte. Ich kam über schier endlose Gräberfelder, aus deren Höhlen das irre Gekicher der Unduldsamkeit schrillte. Ich sah Tempelruinen, in denen der Unverstand im tiefsten Stumpfsinne hockte. Um die zerbrochenen Säulen einstiger Heiligtümer schlug die Narrheit ihre widerlichen Kapriolen. An ausgetrockneten Quellen träumte die Gleichgültigkeit in Lumpen, die ihre Blöße kaum bedecken konnten. Die Scheinheiligkeit andächtelte vor eingestürzten Kapellen, für deren Erhaltung sie keine Hand gerührt hatte. Zuweilen tauchte am Horizonte einer jener

Reiter auf, welche Einlasskarten besessen hatten; aber sein Tier wendete sich sofort zur Flucht, sobald es sah, dass ich kein Kamel und keinen Esel ritt. Und wenn sich irgendwo noch ein anderes Wesen in diesem starren Himmelreiche zeigte, so hatte ich entweder einen listigen Fennek gesehen, der mit Lammesaugenaufschlag schnell verschwand, oder es war ein fraßgieriger Dibb, welcher mit eingezogenem Schwanze und heuchlerisch gesenktem Kopfe von weitem an mir vorüberschlich."

Hier ließ der Ustad eine weitere Pause eintreten. Ich war ihm mit großem Interesse gefolgt. Nun fühlte ich eine Lücke in seiner Darstellung. Darum fragte ich:

„Aber alle die Unzähligen, welche Einlass bekommen haben? Sie können dir doch nicht so einzeln erschienen und gleich wieder verschwunden sein!"

„Nein," antwortete er. „Ich kann sie dir leider nicht ersparen. Meinst du vielleicht, dieses Paradies sei von einer himmlisch friedfertigen, sich gegenseitig liebenden und stützenden Bevölkerung bewohnt? Glaubst du, dort einen Hirten und eine Herde zu finden? Ich kenne so gut wie du das verheißende Wort: ‚Was kein Auge gesehen und kein Ohr gehört hat und in keines Menschen Herz gekommen ist, das wird von Gott bereitet denen, die ihn lieben.' Welche unbeschreiblichen Glückseligkeiten aber waren es, welche ich zu sehen und zu hören bekam? Höre und staune! Hast du schon einmal vernommen, dass es unter den wilden Tieren welche gibt, die sich von ihresgleichen zurückgezogen haben und sie so grimmig hassen, dass sie jedes, welches in ihren Bereich kommt, sofort zerreißen oder sonst vernichten?"

„Ja. Dies ist besonders bei den Elefanten, Nashörnern, Löwen, Tigern und andern Raubtieren der Fall. Man pflegt solche Exemplare ‚Einsiedler' zu nennen."

„Nun, so wisse, dass es in diesem Himmel keine andern Bewohner als nur solche ‚Exemplare' gibt! Sie wohnen nicht zusammen, sondern als Einsiedler, weil keiner dem andern traut. Jeder ist an einer besondern Kluft oder Höhle von seinem Esel oder Kamele gestiegen. Dort wohnt er nun und verteidigt sie bis auf das Blut gegen jeden, der nicht seiner Meinung über den Himmel ist. Da es aber der Meinungen so viele und so verschiedene gibt, wie Individuen vorhanden sind, so herrscht zwischen ihnen allen eine Feindseligkeit, vor welcher wir selbst im Erdenleben erzittern würden. Jede Kluft und jede Höhle ist ein Götzentempel, in welcher der Bewohner sich selbst als seinen eigenen Fetisch verehrt. Er behauptet zwar, Gott anzubeten, zwingt aber diesem Gott seine eigenen Gedanken auf und setzt sich also über ihn. Die Folge dieser Selbstübergötterung ist, dass sich keiner dieser Götter an den andern wagt, weil er sonst von ihm herausgebissen wird. Das, Effendi, das ist dieser Himmel! Ueber ihm brennt die ewig glühende Sonne der alles verdorrenden Selbstgerechtigkeit, die auf Raub ausgeht wie jener listige Fuchs und jene heimtückische Hyäne, welche selbst hier im Paradiese nur niedere Lurche oder erdfarbige Kerbtiere zum

Fressen finden. Wie froh war ich, als ich meine Wanderung vollendet hatte! Ich fühlte mich wahrhaft selig, diese falsche Seligkeit verlassen zu können. Als ich das Thor wieder erreichte, warfen uns die dort stehenden Esel und Kamele Blicke des unendlichsten Neides zu, dass wir es uns gestatten durften, dieses entsetzliche Elend zu verlassen. Die Pächter aber strömten herbei, um mich ihr Paradies preisen zu hören. Ich teilte ihnen aber mit, dass ich den Menschen die volle Wahrheit sagen werde. Da erhoben sie ein lautes Wutgeschrei. Im Baume El Dscharanil begann es zu rauschen. Alle seine Augen waren drohend auf mich gerichtet. Die Köpfe schüttelten sich, und von den Lippen ertönte ein Geheul, dass das Seil El Milal vor mir zersprang. Die Esel und Kamele jenseits des Thores stimmten jammernd ein. Ich aber ritt davon, ohne ein weiteres Wort zu sagen, gleichviel, ob ich für feig gehalten wurde oder nicht. Wer sich aus einem solchen Himmel herauszuretten weiß, der muss wohl Mut besitzen!"

Er schlug bei diesen Worten die Hände zusammen, als ob er jetzt noch froh über diesen glücklichen Ausgang sei. Hierauf ging er einige Male in langsamen Schritten durch das Zimmer, blieb dann vor mir stehen und fragte:

„Hast du jemals geahnt, dass es so ein Paradies gibt, Effendi?"

„Es gibt dieser Paradiese viele," antwortete ich, mein Auge zu ihm erhebend. „Warum hast du damals nach keinem anderen gesucht?"

„Welche Frage! Ich verstehe dich nicht!"

CENTRO

„Es gibt dieser Paradiese viele," antwortete ich ...

„Du erzähltest mir ja, dass du vom Dschebel Din herab in ebenes Menschenland gekommen seist. Warum hast du deinen ‚Berg des Glaubens' überhaupt verlassen? Musstest du das? Und wenn du es musstest oder wolltest, was bewog dich da, das geistige Tiefland, die Ebene, die Wüste aufzusuchen, wo kein Gedanke in die Höhe strebt, sondern nur darnach, sich über die Fläche auszubreiten?"
„Maschallah!" rief er erstaunt aus. „So, also so betrachtest du das, was ich erzählte?"

Aus: Im Reiche des silbernen Löwen IV. Freiburg 1903.

Die Sage vom eingemauerten Teufel

Die eng mit der alten ‚Urmutter' Marah Durimeh (Menschheitsseele) verbundene Kurdin Schakara (Seele) erzählt dem bei den Dschamikun weilenden Kara Ben Nemsi die Sage vom Bau eines ‚Gotteshauses' durch den Teufel.

Da schlug sie ihre klaren Augen groß und voll zu mir auf und antwortete:
„Mir ist, als ob ich vor dir kein Geheimnis haben dürfe, als müsse ich dir alles sagen, was in mir ruht, und auch was mich bewegt. Drum will ich nicht verschweigen, dass ich den Ustad prüfe; weshalb, wozu, das weiß nur Marah Durimeh. Auch ist die Gegend, wo er wohnt, für mich von Wichtigkeit. Es liegt hier in der Nähe viel begraben, was auferstehen will. Er selbst spricht ja von seiner eignen Gruft, doch ist das wohl nicht richtig. Schau diese Mauern an, die hoch und stark sich hier vor uns erheben, als ob sie Heimlichkeiten zu verbergen hätten, die keines Menschen Auge sehen dürfe! Wer baute dies? Warum in dieser Weise? Aus welchem Grund gab man den Bau nicht völlig erdenfrei? So türmt man doch nur Festungen empor, von welchen aus man blutig herrschen will! Wozu Tyrannensitze für den Vater, der liebend zu den Kindern niedersteigt, wenn im Gebete sie ihn zu sich rufen? Indem ich dieses frage, muss ich an jene alte Sage denken, die von ‚Chodeh, dem Eingemauerten' berichtet. Kennst du sie schon, Effendi?"
„Nein."
„So lass sie dir erzählen!"

Sie schaute zu den Ruinen hinüber, nickte wie unter einem heimlichen Gedanken vor sich hin und begann sodann:
„Das war zu jener Zeit, als der Teufel auf den Gedanken kam, Baumeister zu werden. Er zeichnete viele tausend Pläne, aber keiner war ihm fromm genug. Da sah er ein, dass man jedes Fach, also auch dieses, erst nach und nach zu erlernen habe, und beschloss darum, zu den Menschen in die Schule zu gehen. Da er von unten zu beginnen hatte, so begab er sich zunächst zu einem Volke, welches nur auf Felsen baute. Als seine Zeit bei diesem vorüber war, suchte er ein anderes auf, welches ungeheure Steine aus dem Felsen brach, um sie zu Mauern aufeinander zu türmen. Bei einem dritten Volke lernte er Ziegel streichen und mit Asphalt zu Gebäuden vereinigen, die von scheinbar ewiger Dauer waren. Bei einem vierten richtete er sich auf riesenhafte Pfeiler und Säulen ein, welche selbst unter den schwersten Lasten nicht zusammenbrachen. Bei einem fünften hörte er zum erstenmal von Schönheit sprechen. Die Säulen bekamen freundlichere Gestalt, und die bisher platten Dächer hoben sich empor. Beim sechsten kam der Schmuck dazu und das Bedürfnis, Licht im Raum zu haben. Ein siebentes sah auf die äußere Gestalt und forderte für jedes Bauwerk andre Formen. So legte er sich also auf den „Stil" und weiter noch auf alles, was sonst noch nötig war. Und als er dann vor seiner Meisterprüfung stand, an was für Bauten hatte er, der Teufel, sich geübt? Was glaubst du wohl, Effendi?"
„Erlaube mir, zu hören, nicht zu raten!" antwortete ich.

„An lauter frommen Werken, die nur zur Ehre dessen errichtet worden waren, für den der Teufel nichts als Hass besitzt. Zwar hatte wohl auch er die Frömmigkeit gewollt, denn fromm erscheinen, fördert selbst den Teufel, doch wirklich fromm zu sein, daran geht er zu Grunde. Drum war sein Hass jetzt gar zum Grimm, zur stillen Wut geworden, weil alle diese Bauten der Wahrheit dienten, aber nicht dem Scheine, und er beschloss, in seinem Meisterstück ein Werk zu schaffen, bei welchem alles Schein, nichts aber Wahrheit sei. Er ging in jenes Felsenland zurück, wo er die Lehre einst begonnen hatte, denn dort war Gott ein lieber Himmelsgast und ließ sich oft bei seinen Menschen nieder. Er saß so gern bei ihnen, licht und hehr, im offnen Alabasterberg, sich seiner Sonne freuend. Da kamen sie herbei, die er geschaffen, sie alle, groß und klein, von seiner eignen Hand den Segen zu empfangen. Sie liebten ihn; sie gönnten ihn auch andern; die Eifersucht auf Gott und auf die Seligkeit war ihnen unbekannt. In diesen Menschheitsfrieden trat der andre, den es gelüstete, sein Meisterstück zu machen. Er brachte seine Scharen, die ihm dienen, und ließ den Neid der Hölle rings verbreiten. Als dann der Herr im Morgenrot erschien, um wieder einen Erdentag zu weilen, da drangen alle, alle auf ihn ein, nur hier bei ihnen noch, sonst nirgends zu erscheinen; die andern Menschen seien es nicht wert. Da neigte er das Haupt und ging betrübt von dannen. Er sprach den Segen nicht, sprach überhaupt kein Wort. Der andre aber sprach: ‚Wisst ihr noch nicht, dass Gott sich zwingen lässt? Was ist die Bitte wert, wenn sie nicht zeigt, dass sie auch wirklich will! Beweist ihm euern Ernst, so muss und wird er tun, was ihr begehrt. Ich will euch euern wahren Gott verschaffen; die andre Welt mag andre Götter haben!' Nun sandte er den Neid in Scharen aus, herbeizuschleppen, was er vorbereitet. Und als das nächste Morgenrot erschien, nahm er die göttliche Gestalt des Höchsten an und kam, den frommen Schein ins Werk zu setzen. Er ließ sich licht und hehr im Berge nieder und lächelte voll Huld den Menschen zu. Und als sie ihre Bitte wiederholten und ernsten Nachdruck auf die Worte legten, sprach er im Tone väterlicher Güte: ‚Ich prüfte euch; drum war ich gestern still; heut aber sag ich euch, ihr habt bestanden. Die Macht der Frömmigkeit ist größer als die meine. Drum nehmt mich hin als euer Eigentum. Ich will nun euch und niemand sonst gehören!' Da flogen die Quader herbei, die Säulen, die Steine, die Ziegel. Der Felsen gab das Fundament; die Mauer klammerte sich fest; sie wuchs empor. Der Teufel saß als Gott im Heiligtume. Doch seine Scharen regten sich, ihn eiligst für das Volk hier einzumauern. Das Bauwerk stieg ihm immer höher, bis an den Leib – – – bis an die Brust – – – bis an den Hals! Und betend lag dabei die Andacht auf den Knieen! Der Kopf verschwand nun auch. Fast war der Berg verschlossen. Da schwang ein dunkler Flederhäuter sich aus der letzten Oeffnung und flatterte in das Verschwundensein. Und in demselben Augenblick erschien der Architekt vor seinem Werke und lobte laut, dass er zufrieden sei. – – –

Da schwang ein dunkler Flederhäuter sich aus der letzten Oeffnung …

Was war es für ein Bau? Kein Mensch vermags zu sagen. Wo liegt der Berg? Ich weiß es nicht, doch möchte ich ihn finden.

Aus: Im Reiche des silbernen Löwen IV. Freiburg 1903.

Das Tauchergleichnis

Die Insel ‚Ti' liegt mitten im großen Weltenmeere.

In dem Roman ‚Und Friede auf Erden' erzählt der chinesische Arzt Tsi dem Governor, einem pensionierten hohen englischen Kolonialbeamten, ein psychologisches Gleichnis über die Beziehung zwischen unvergänglichem Geist/Seele (Taucher) und vergänglichem Körper (Taucherrüstung).

Die Insel ‚Ti' liegt mitten im großen Weltenmeere. Sie wird von einem Fürsten regiert, welcher jedem seiner Untertanen eine bestimmte Lebensaufgabe stellt, die er zu lösen hat. Diese Untertanen sind Taucher, welche in die Fluten zu steigen haben, um die verschiedenen Schätze des Meeres an das Tageslicht zu heben. Zu diesem Zweck gibt es eine unzählige Menge von Taucherrüstungen, welche menschliche Gestalt besitzen. Jede dieser Rüstungen wird von einer in ihr wohnenden, sogenannten Anima instand gehalten, welche mit ihr entstanden ist und mit ihr wieder untergeht. Die eine Rüstung eignet sich mehr für diese, die andere mehr für jene Arbeit. Mit der einen können edle Perlen, mit der anderen nur Schwämme, mit der dritten gar nur Algen oder gemeiner Tang der Flut entrissen werden. Jede von ihnen wird demjenigen Taucher anvertraut, für dessen Aufgabe sie geeignet ist. Die Arbeit wird überwacht, sehr streng, viel strenger, als die Taucher meinen, obgleich die Regierung eine Regierung der allergrößten Liebe ist. Aber grad weil diese Liebe alle umfasst und sich nicht nur auf einzelne richtet, ist diese Strenge geboten, sobald die Liebe versagt. Zeigt sich ein Taucher seiner Rüstung nicht wert, bringt er Schwämme oder

Tang anstatt der Perlen, so wird sie ihm genommen und einem Würdigeren gegeben. Bringt dieser zwar Perlen, aber mit Schmutz und Algen vermischt, so hat ein noch Besserer anzutreten. Und so kommt es, dass es wohl keine einzige Rüstung gibt, von der man sagen könnte, dass sie stets nur im Dienste eines und desselben Tauchers gestanden habe. Es kommt sogar sehr häufig vor, dass ein höher Taucher sich die Rüstung eines niederen leiht, um ihn zu unterrichten, auf welche Weise er bessere Erfolge erzielen und dadurch zu ihm emporsteigen könne. – – –

Aus: Und Friede auf Erden! Freiburg 1904.

Die Ahnengalerie

... vom Schlossherrn auch in die Ahnengalerie geführt.

In dem utopischen Landstrich Ki-Tsching, auch Shen-Kuo, das heilige Land genannt, hat der mit der Chinesin Yin (Güte) verheiratete englische Lord Sir John Raffley eine Neuschöpfung des heimatlichen ‚Raffley Castle' errichtet. Bei einer Besichtigung des Gebäudes werden der Erzähler und der Governor, ein Onkel John Raffleys, vom Schlossherrn auch in die Ahnengalerie geführt.

Das soeben erwähnte Mittagessen fand ohne die Schlossherrin statt. Sie wurde von John damit entschuldigt, dass sie von einer Arbeit festgehalten werde, welche ganz unbedingt sofort noch zu vollenden sei. Was für eine Arbeit er meinte, das sahen wir nach Tische, als er uns im Castle herumführte, um uns die Räume desselben zu zeigen. Wir waren dabei alle beteiligt, außer Waller, welcher bei unserer Ankunft für einige Minuten aufgewacht und dann aber wieder eingeschlafen war. Doch, wenn ich sage, dass John Raffley uns geführt habe, so ist das eigentlich nicht ganz richtig, denn der, welcher voranging, um alle Türen zu öffnen und uns, bevor er dies tat, stets sagte, was für einen Raum wir nun zu sehen bekommen würden, das war nicht der Neffe, sondern sein Onkel, der Governor. Es machte diesem nämlich ein herzliches Vergnügen, uns zu beweisen, dass das hiesige Schloss, wenigstens betreffs der Räume und ihrer Bestimmung, dem heimatlichen vollständig gleiche. Wenn er uns sagte, was nun für eine Stube kommen werde, und es stimmte, so war er stolz, es schon vorher gewusst zu haben. So auch, als er sich bemühte, eine hohe, dunkle Tür zu öffnen, in deren Schloss ein altertümlicher, pistolengroßer Hohlschlüssel steckte.

„Das ist der Hauptraum unsers ganzen Schlosses," sagte er, das „unser" für ganz selbstverständlich haltend, „nämlich der Ahnensaal. Daheim ist er schon so voller Bilder, dass man ihn nun wird vergrößern müssen; hier aber bin ich selbst im höchsten Grade neugierig, was man an die Wände gehangen haben wird. Wir befinden uns zwar im klassischen Lande des Ahnenkultes, aber man kann in China doch unmöglich wissen, wie so ein alter, längst verstorbener Englishman, ein echter, toter Raffley auszusehen hat!"

„Oh!" widersprach sein Neffe. Da klirrte das Schloss, und die Tür ging auf. Da hingen sie, alle, alle, genau dieselben und auch genau so groß wie drüben in der Heimat, freilich nicht in Oel und Farbe, sondern nur in schwarzer Kreide, die Lichter weiß gegeben. Und auf dem langen Mitteltisch lagen die Blitzphotographien, welche John aus England mitgebracht hatte, um seine Ahnen von chinesischen Künstlern nach ihnen zeichnen zu lassen. Die Maler des „Reiches der Mitte" sind bekanntlich grad in Beziehung auf die Genauigkeit des Kopierens unvergleichlich.

Der Governor war zunächst ganz still vor Erstaunen. Er ging von Bild zu Bild und sagte nichts, schüttelte nur immer den Kopf. Aber als er an dem letzten kam, ganz hinten, oder auch ganz vorn, wie man es nehmen wollte, da ließ er einen lauten Ruf der Ueberraschung hören, so dass wir hingingen, wo er eben stand. Es war sein eigenes, und zwar sehr wohlgetroffenes Bild! Eine schmale, hohe Leiter, deren Sprossen gepolstert waren, lehnte in der Nähe. Indem der „uncle“ auf diese Leiter deutete, sagte er: „Ich begreife! Dieses mein Porträt war fertig bis auf das Gesicht. Man musste da warten, bis ich kam und Yin mich sah. Ich merkte es ihr an, als ich zum ersten Male mit ihr sprach. Sie studierte mein Gesicht, jeden einzelnen Zug besonders. Ich erinnerte mich hieran erst dann, als ich hörte, dass sie male. Dann bist du mit ihr sofort hierher geritten, dass sie das Porträt vollende. Als wir vorhin aßen, war sie noch nicht ganz fertig. Darum fehlte sie. Habe ich recht, lieber John?“

„Nein, lieber Onkel - - und doch auch ja!“ antwortete der Gefragte. „Dieses dein Konterfei ist schon längst fertig, auch nach einer Photographie gemacht. Aber ein anderes war zu vollenden, ganz ebenso nach einem Photo von dir angelegt, und zwar von der eigenen Hand des von dir so gefürchteten ‚Gespenstes‘, dem du nicht einmal - - -“

„Schweig, schweig!“ unterbrach ihn der Alte, über das ganze Gesicht hin errötend. „Blamiere mich nicht! Ich bitte ihr das noch ganz besonders ab.“

„Tue es! Du hast ihr nur dieses eine Gespenst abzubitten - - dich; ich aber leider alle, alle, die hier hängen. Und sie verzeiht sie mir, diese Schatten, diese Schemen in schwarzer Kreide, von denen keiner, keiner etwas von ihr wissen wollte. Sie, die immer Gute, die herrlichste Tochter unserer großen ‚Shen‘, hat sogar noch mehr getan. Schau sie doch an, diese einst Fleisch gewesenen, irdischen Phantome! Da hängen sie im Tode. Sind sie denn wirklich das gewesen, was du hier abgebildet siehst? Dann gib dir Mühe, stolz auf sie zu sein; ich aber, ich verzichte! Das sind die Larven, welche wir daheim verehren, die Masken, die wir uns vormachen lassen, weil wir zu dumm, zu albern sind, sie zu durchschauen und die Wahrheit zu entdecken. Auch ich war so ein Tropf, der an Skelette, an Gerippe glaubte, bis Yin in diese Leichenkammer trat und meine Hand ergriff, um mir zu zeigen, dass die Toten leben. Sie mag auch dir es zeigen. Oeffne!“

„Oeffnen? Wen, was?“

„Dich selbst!“

„Mich? Mich selbst?“

„Natürlich! Wer seine eigene Larve durchschauen und dann sich selbst kennenlernen will, der muss zu erfahren suchen, was hinter ihr steckt.“

Er deutete nach dem Bild. Der Richtung seiner Hand folgend, bemerkten wir am Rahmen eine Klinke und auf der andern Seite zwei Angeln. Das Bild war eine Tür. Da öffnete der Governor. Eine Fülle von Licht flutete zu uns in den düsteren Raum herein. Er trat hinaus. Wir folgten ihm. Was sahen wir da? Wo befanden wir uns?

In ganz genau demselben Saale mit ganz genau denselben Bildern. Kein einziges fehlte. Aber die Zwischenräume waren nicht Wand, sondern Fensterscheiben, durch welche der Glanz des

Eine Fülle von Licht flutete zu uns in den düsteren Raum herein.

lichten Tages trat. Auch diese Bilder waren von schwarzer Kreide, doch hatten sie keine Gesichter, sondern nur Köpfe – – Totenköpfe. Auch den langen Mitteltisch sahen wir, doch nicht mit den Blitzphotographien, sondern es lag das uralte, berühmte Ming-Tsching (Buch des Lebens) darauf, aufgeschlagen, und in großer, weithin sichtbarer Schrift war da zu lesen: „Sie legen die Kleider ab, dann kommen sie!" Und an diesem Tisch saß Ki, der Himmlische, der die Kraft des niemals endenden Lebens bedeutet, und winkte nach der Tür, die in der vorderen Ecke hinunter nach der Gruft der Familie führte. Da stand John Raffley, um diesem Winke zu gehorchen, er öffnete sie. Und nun strömten sie hervor, dem Lichte entgegen, sie alle, die ihre Kleider, die Leiber, da unten abgelegt hatten. Teils jubelnd, jauchzend, teils still, wortlos vor lauter Seligkeit; einige aber auch zagend, zögernd, als ob sie dieser Auferstehung, an die sie nie geglaubt hatten, ganz unmöglich sogleich vollen Glauben schenken könnten. Sie quollen aus der Gruft und aus der Treppenöffnung heraus und eilten durch den Saal, mit dankenden Gebärden an Ki, dem Himmlischen, vorüber, um durch die offene Tür zu verschwinden, die auf der andern Seite hinaus in den Garten und dann in das Leben führte.

Welch eine unbeschreiblich packende, beinahe überwältigende Szene! Welche Freude, welches Entzücken, welche Wonne in jedem Zug der Gesichter! Und sonderbar: das waren nicht mehr Gesichtszüge von sterblichen Personen; das waren nicht mehr die scharfen Linien und die festgezeichneten Konturen, welche die

Körperlichkeit mit sich bringt; und doch besaß jeder und jede dieser Verwandelten die größte Aehnlichkeit mit dem korrespondierenden Bilde im ersten Ahnensaale! Es gab unter ihnen nur einen einzigen, der nicht hinaus nach der Freiheit strebte, denn er hatte ja die Gruft noch gar nicht kennengelernt. Er gehörte als ein Raffley zwar zu ihnen, aber er war noch nicht „gestorben" gewesen; er zählte noch zu den „Lebenden". Er stand von fern und schaute zu, mit ehrerbietigem Staunen, mit seliger Verwunderung. Ihm war, als ob er träume. Aber wohin sah er? Auf die jubelnden Seelen seiner Ahnen oder auf Ki, der die Kraft des Lebens ist? Man konnte das nicht sagen, denn in seinen weit geöffneten Augen fehlten noch die hellen Punkte, durch welche der Blick die Beseelung und Richtung erhält, und Yin, die Meisterin, hob soeben, als wir eintraten, die Hand mit dem Pinsel, um ihnen dieses Licht zu verleihen. Also das war die Arbeit, wegen deren Vollendung sie abgehalten gewesen war, bei Tafel zu erscheinen!

Wäre ich ein Künstler, so würde ich jetzt meine Feder so recht voll von Tinte nehmen, um dieses unvergleichliche Kunstwerk unserer Yin mit den besten Ausdrücken der Begeisterung zu beschreiben und sodann die Künstlerin auch selbst dazu. Denn ich fühle es sehr deutlich, dass ich sogar die Pflicht habe, die schöne Herrin von Raffley-Castle bis auf das kleinste Kräuselhärchen im Nacken genau zu schildern. Aber ich bin leider kein Künstler und habe also zu schweigen. Zu meiner Rechtfertigung möge dienen: Ich besitze nicht einmal den nötigen Verstand, den Begriff „Kunst" definieren zu können, und bin auch weder so weise noch so klug, mir zu sagen: Ja, das ist ja eben die Kunst, dass man nichts von der Kunst versteht!

Aber eines will ich doch sagen: Wir waren alle still. Niemand sprach. Kein einziger fand einen hörbaren Ausdruck für das, was er empfand. Wie von derselben Kraft ergriffen, welche diese Seelen aus der Gruft emporzog und durch den Saal der Totenköpfe schnell hinaus in das helle Leben leitete, so ging ich von Figur zu Figur bis hin zur klarsten Seele an der Tür und dann noch weiter, in den Garten, bis an den äußersten Rand desselben, wo eine starke Mauerbrüstung vor dem Sturz in große Tiefe schützte. Da stehe ich -- ich, ich, der arme Teufel, im hohen Marmorschlosse, bei Leuten, die ihre Ahnen alle aufgeschrieben hatten und ihre Millionen nach Hunderten zählen konnten. Dazu die höchsten Gottesgaben, die es auf Erden gibt: Talent und gar Genie! Und vor mir dieses schöne Land, welches ich überblicken kann auf viele Meilen hin! Von diesem Schlosse aus geht Segen drüber hin, gespendet von so reichen, reichen Händen. Wer bin dagegen ich, und was? Das kleine Deutschland gegen Großbritannien, wie der Governor wahrscheinlich sagen würde!

Da hörte ich leichte Schritte, welche sich mir näherten, und drehte mich um. Da stand sie vor mir, Yin! Sie schaute mich an und sagte nichts dazu. Ich habe niemals wieder solchen Blick gesehen. Er tat mir weh.

Aus: Und Friede auf Erden! Freiburg 1904.

Die Sage vom verschwundenen Fluss

„Wenn keiner es erreicht, dass Friede werde, so gehe ich nun selbst!“

In Karl Mays großem Altersroman ‚Ardistan und Dschinnistan' wird die ‚Sage vom verschwundenen Fluss' erzählt, die in engem Zusammenhang mit dem ‚Märchen von Sitara' steht. Nachdem die von Gott als Friedensstifter auf die Erde gesandten Moses, Jesus und Mohammed erfolglos geblieben sind, macht sich dieser selbst auf den Weg. Er unternimmt in Menschengestalt den Versuch, die auf die gewaltsame Lösung von Konflikten fixierte Menschheit (Bevölkerung von Ardistan) von einem Verzicht auf kriegerische Mittel zu überzeugen Doch selbst er scheitert an menschlicher Machtgier und Selbstüberhebung. Daraufhin lässt er in Ardistan den Fruchtbarkeit und Leben spendenden Fluss ‚Es Ssul' versiegen, der erst dann wieder Wasser führen wird, wenn auf Erden der Friede eingekehrt ist.

Da spricht der Herr: „Wenn keiner es erreicht, dass Friede werde, so gehe ich nun selbst!" Er schlägt den Mantel menschlicher Gestalt um seine Schulter und steigt zur Quelle Ssul im Paradies hinab. Die wächst bis Dschinnistan zum breiten Strom und fließt von da durch Ardistan, an beiden Ufern Frucht und Segen spendend, um an der Mündung neues Land und neues Volk zu schaffen. So wandert er, dem Flusse folgend, hinab nach Dschinnistan, um zunächst dort den Willen des Himmels zu verkünden. Doch kaum hat er sein Friedenswerk begonnen, wird er erkannt, und alles eilt herbei, ihn anzubeten. Er segnet jeden, der vor ihm erscheint, doch nur dem Mir gestattet er, in die Zeitenfernen zu schauen, in den nicht mehr der Säbel und die Kanone, sondern nur der blanke Geist und der blitzende Gedanke die Schlachten schlagen. Dann wandert er weiter, am Strome abwärts, bis nach Ardistan. Er glaubt, er komme grad zur rechten Zeit, denn überall, wo er erscheint, ertönen Kriegstrompeten. Der Mir von Ardistan will Dschinnistan erobern und rüstet heimlich zum plötzlichen Überfall. Der Herr versucht an vielen Orten zum Wort zu kommen, um das Verhängnis aufzuhalten, doch vergeblich. Und als er in der großen Stadt des Mir, die glänzend wie ein Traumbild aus dem Märchenland am Strome liegt, seine Stimme zu erheben und von Friedensbruch zu sprechen wagt, wird er als Landesverräter festgenommen und vor den Mir gebracht. Der hält über ihn Gericht und spricht das Urteil aus: „Man führe ihn auf die Brücke und stürze ihn in das Wasser, weil er sich vor dem Blut des Krieges fürchtet!" Da fragt der Herr: „Ist jemand, der dies Urteil ändern kann?" „Es gibt keinen einzigen, der das vermag!" antwortet ihm der Mir. „Auch Gott nicht?" – „Nein! Allah ist Gott! Und der hat uns befohlen, sein Reich durch Schwert und Feuer zu verbreiten! Es werde Krieg!" Da hebt der Herr die Hand empor und ruft: „Es bleibe Friede! Hoch über dem, den ihr zum Gott gemacht, steht der Erbarmer gegen den Verderber. Ich sage dir, o Mir: Du bleibst daheim; kein Tropfen Blut wird fließen!" Da springt der Mir von seinem Sitze auf und donnert ihm zu: „Und ich, ich sage dir, dem Feigling und Verführer meiner Krieger: So wenig, wie der Fluss, der dich ersäufen soll, vor unserer Brücke umkehrt, dich zu schonen, so wenig kehrt die Klinge, die ich zum Krieg

Der Strom floss euch zu Friedenszwecken zu ...

gezogen habe, in ihre Scheide zurück! Das Urteil ist gesprochen; es werde ausgeführt!“ Da hebt der Herr die Hand zum zweiten Male und spricht: „So sei es, wie du sagst. Das Urteil ist gesprochen; es werde ausgeführt! Wenn Gott nicht mehr durch Worte belehren kann, so predigt er durch Taten. Der Strom floss euch zu Friedenszwecken zu, nicht aber, um das Leben zu zerstören. Er werde euch genommen! Nicht eine Pfütze bleibe euch, die genug Wasser hat, auch nur einen einzigen Menschen zu ertränken! Und wehe euch, wenn ihr ihn durch die Waffe zwingt, zu euch zurückzukehren! Denn alles, was da lebte, würde sterben!“ - - - Ein Hohngelächter folgt diesen Worten. Man führt ihn hinaus zur Brücke, der Mir auf hohem Roß voran. Der gibt, als die tiefste Stelle erreicht ist, den Befehl, den Gefangenen zu ergreifen und hinabzuwerfen. Da hebt dieser zum dritten Male die Hand, doch ohne ein Wort zu sagen. Sofort verfinstert sich der Himmel. Blitze zucken; drohende Donner rollen. Von der Brücke abwärts fließt das Wasser weiter; von ihr aufwärts aber bleibt es stehen. Es bäumt sich auf, wächst höher und höher und bildet eine Mauer, die zum Himmel zu streben scheint. Brüllend vor Angst und Entsetzen eilen die Menschen an die Ufer zurück. Nur einer bleibt, der Gefangene. Leuchtenden Angesichtes steht er auf der Brücke, die von den steigenden Wogen von der Erde gelöst und hoch emporgetragen wird, bis sie verschwindet. Dann sinkt das Wasser zusammen und beginnt, wieder abzufließen, doch nicht abwärts, wie bisher, sondern aufwärts, nach oben, woher es gekommen ist. Der Himmel wird wieder hell. Das Bett des Flusses aber liegt leer, und die entsetzte Menschheit flieht aus der Stadt, deren Trümmer heutigen Tages wasserlos in die Steppe starren, durch welche sich der dürre, ausgetrocknete Lauf in zahllosen Windungen vor Durst und Hunger krümmt, bis er in den Wäldern der Ussul verschwindet.

Aus: Ardistan und Dschinnistan I. Freiburg 1909.

Das Gleichnis der Niagara-Fälle

Der alte Old Shatterhand besucht nach vielen Jahren mit seiner von ihm liebevoll ‚Herzle' genannten Frau Amerika, um der Einweihung eines Winnetou-Denkmals beizuwohnen. Auf der Reise begegnet das deutsche Ehepaar in einem großen Hotel an den Niagara-Fällen den gelehrten Indianern Athabaska und Algongka.

Als wir demzufolge durch die schon beschriebene Glas- und Jalousietür hinaus auf den Altan traten, schien der Mond noch klarer als gestern Abend. Die beiden Fälle lagen wie ein Märchenwunder vor unsern Augen, und ihr Brausen drang wie die Stimme eines ewigen Gesetzes zu uns herüber, dem ein jeder verfallen ist, der es nicht beachtet. Da zögerten die beiden Häuptlinge, weiter zu gehen. Sie blieben stehen, und Athabaska sagte:
„Nicht nur die Weißen, sondern auch die Roten wissen jetzt, dass alles, was die gegenwärtige Welt uns bietet, weiter nichts als nur ein Gleichnis ist. Eines der größten und gewaltigsten Gleichnisse, die Manitou uns predigt, liegt hier vor unsern Augen. Betrachten wir es!"
Er trat mit Algongka bis an den Rand der Plattform vor. Ich folgte ihnen mit dem Herzle, die ihren Arm in den meinen gelegt hatte und mir durch einen leisen Druck ein Zeichen gab, welches ich sehr wohl verstand. Wir haben fast immer einen und denselben Gedanken miteinander. Auch jetzt fühlte sie ebenso wie ich den Grund, weshalb der Häuptling grad diese Worte

„Nun, könnt vielleicht ihr mir dieses Rätsel lösen?“

sprach und keine andern. Er beabsichtigte, uns zu examinieren, wenn auch nur durch eine einzige Frage. Der Erfolg dieses Examens sollte entscheiden, wie wir zu behandeln seien, ob als gewöhnliche, ganz alltägliche Menschen oder nicht. Denn das, was ich am Grab des großen Seneca-Redners gesagt hatte, konnte ich irgendwo gelesen oder sonstwie aufgeschnappt und mir gemerkt haben, um es bei passender Gelegenheit mit Vorteil an den Mann zu bringen. Das war es, was meine Frau mir durch den Druck ihres Armes sagen wollte, und dadurch, dass ich dieses ihr Zeichen durch einen ebenso leisen Druck erwiderte, teilte ich ihr mit, dass ich sie verstanden habe und auf das Examen vorbereitet sei.

Wir standen wohl einige Minuten lang still an der Balustrade. Da hob Algongka seinen Arm, über den Abgrund hinüber nach den stürzenden Fluten zeigend, und sagte:

„Das ist ein Bild des roten Mannes. Ob wohl ein Weißer das begreift?"

„Warum sollte er es nicht begreifen?" fragte ich.

„Weil es nicht sein eigenes, sondern ein fremdes Schicksal betrifft."

„Glaubt ihr, dass wir Weißen nur eigene, nicht aber fremde Dinge begreifen?"

„Nun, könnt vielleicht ihr mir dieses Rätsel lösen?"

„Rätsel lösen? Ihr habt nicht von einem Rätsel, sondern von einem Gleichnis gesprochen. Gleichnisse aber werden nicht gelöst, sondern gedeutet."

„Nun, so deutet es, bitte!"
„Gern! Wir sehen hier die stürzende, die zerschellende und zerstäubende Flut. Aber den See, den großen See, aus dem sie kommt, den sehen wir nicht. Und auch der See, in den sie sich ergießt, ist uns unsichtbar. Beide sind unserm Auge verborgen."
„Wohl! Das ist das Gleichnis", nickte Athabaska ernst. „Aber die Deutung?"
„Die Gegenwart sieht nur den schweren, tiefen, erschütternden Fall der roten Rasse. Sein Brausen ist die Summe der Todesschreie aller derer, die da untergegangen sind und noch untergehen werden. Wo haben wir das große, das mächtige, das herrliche Volk zu suchen, dessen Kinder diese Zerschmetterten und noch zu Zerschmetternden sind? In welchem Land gab es dieses Volk? Und in welcher Zeit? Wir wissen es nicht, und wir sehen es nicht! Wir sehen nur, wie der eine, stürzende Strom da unten in der Tiefe in hundert und aberhundert Völker, Stämme, Herden, Rotten und Banden zerfällt, deren einer oder eine oft kaum mehr als hundert Personen zählt. So wirbelt und treibt der Fall sie weiter und weiter, bis sie verschwunden sind! Und wir hören nur die unzähligen kleiner und immer kleiner werdenden Zungen, Sprachen, Idiome, Mundarten und Dialekte, in welche der stürzende Strom in dem Wirbel des Abgrundes zermalmt, zersplittert, zermahlen, zerknirscht, zerpulvert und zerrieben wird, so dass der Sprachforscher, der sich kühn in diesen Strudel wirft, in die Gefahr kommt, ganz ebenso

zugrunde zu gehen wie die, nach denen er sucht! Und wo ist das noch größere, das noch mächtigere, das noch herrlichere Volk zu finden, dem die zersprengten, zerrissenen und zerstäubten Fluten dieses sprachlichen und ethnographischen Niagara zuzuströmen haben, um sich wieder zu einem Ganzen zu vereinigen und wieder zur Ruhe und gesegneten Gesetzlichkeit, zum Beginn einer neuen, besseren Entwicklung zu kommen? In welchem Land wird es dieses Volk geben? Und in welcher Zeit? Wir wissen es nicht, und wir sehen es nicht. Wir können von dem hier niederstürzenden Fluss, der uns als Gleichnis dient, nur sagen, dass er aus dem Eriesee in den Ontariosee sich ergießt. Genau ebenso wissen wir von der hier zerstäubenden roten Rasse nur, dass sie aus der Zeit und aus dem Land des Gewaltmenschen stammt und der Zeit und dem Land des Edelmenschen entgegenfliegt, um dort in neuen Ufern neue Vereinigung zu finden. Dies, Gentlemen, ist das Gleichnis, und dies ist seine Anwendung!"

Aus: Winnetou IV. Freiburg 1910.

Wo haben wir das große, das mächtige, das herrliche Volk zu suchen ...

Die eingestürzte Landbrücke

Marah Durimeh

Der ‚Junge Adler', wie Athabaska und Algongka ein Indianer ‚neuer Generation', erzählt dem alten Old Shatterhand, dessen Frau und dem früheren Trapper Pappermann die gleichnishafte Erklärung für das tragische Schicksal der roten Rasse.

Er hatte die Augen noch geschlossen gehalten. Jetzt schlug er sie auf und fuhr fort:
„Es gibt in weiter, weiter Ferne von hier ein Land mit dem Namen Dschinnistan. Nur uns, den roten Männern, ist es bekannt, den Weißen aber nicht."
Man kann sich meine Überraschung denken, als ich diesen Namen und diese Worte aus diesem Mund hörte. Dem Herzle ging es ebenso. Sie griff rasch nach meiner Hand, als ob sie eine Stütze brauche, um nicht schnell mit der Mitteilung herauszuplatzen, dass er sich über unsere Unwissenheit in hohem Grad irre.
„Dschinnistan?" fragte ich. „Ist dieses Wort aus der Sprache der Apatschen?"
„Nein, sondern aus einer hier vollständig unbekannten Sprache. Es sind viele, viele tausend Jahre her, da war Amerika noch mit Asien verbunden. Es gab im hohen Norden eine Brücke von dort nach hier herüber. Diese Brücke ist jetzt in einzelne Inseln zerrissen und zerfallen. Zu dieser Zeit, also vor Tausenden von Jahren, kamen große, herrliche Menschen, die körperlich und geistig wie Riesen gestaltet waren, über diese Brücke zu unsern

Ahnen herüber und brachten Grüße von ihrer Herrscherin, der Königin Marimeh."

Wieder drückte das Herzle mir heimlich die Hand. Sie fühlte ebenso wie ich, dass unsere Marah Durimeh gemeint sei. Der ‚junge Adler' fuhr fort:

„Ihre Boten hatten köstliche Geschenke zu überreichen. Es war ihnen verboten, Gegengeschenke zu nehmen, denn eine Gabe, die erwidert werden muss, ist kein Geschenk, sondern eine Erpressung. Die Gesandten Marimehs erzählten von dem hochgelegenen Reich Dschinnistan. In diesem gibt es nur ein einziges Gesetz, welches das ‚Gesetz der Schutzengel' heißt. Darum wird Dschinnistan auch das ‚Land der Schutzengel' genannt. Nämlich ein jeder Untertan dort hat im Stillen der unbekannte Schutzengel eines andern Untertanen zu sein. Wer sich entschließt, der Schutzengel seines eigenen Feindes zu sein, der gilt als Held, denn er hat sich selbst überwunden. Das gefiel unseren Urvätern, denn sie waren ebenso edel wie die Bewohner des Erdteiles Asien. Sie baten die Gesandten der Königin Marimeh, ihnen zur Einführung dieses Gesetzes hier in Amerika behilflich zu sein. Diese waren gern bereit. Sie taten, um was man sie gebeten hatte, und zogen dann wieder heim."

„Kamen sie wieder?" fragte das Herzle.

„Dieselben nicht, aber andere. Nach jedem Menschenalter kam eine Gesandtschaft, um Geschenke zu bringen und nachzusehen, ob das Gesetz auf dieser Seite der Erde noch gelte. So vergingen mehrere Jahrtausende. Der Himmel wohnte auf

Die Brücke von Asien nach Amerika war eingestürzt.

Erden. Das Paradies stand weit geöffnet. Es gab keinen Unterschied mehr zwischen Engel und Mensch, weil jeder Mensch ein Engel war, nämlich der Schutzengel eines andern. Da plötzlich blieb die Gesandtschaft aus, die nächste, die übernächste auch. Man erkundigte sich, man schaute nach. Die Brücke von Asien nach Amerika war eingestürzt. Nur noch die Pfeiler standen, die von einer wilden See umtobten Inseln."

„Wenn ich mich nicht irre, stehen sie heute noch", fiel Pappermann ein. „Ich glaube, man nennt sie die Aleuten."

„Das stimmt", nickte das Herzle. „Ihr seid ein guter Geograph, Mr. Pappermann!"

„Oh, das will gar nichts sagen", lachte er. „Als ich in die Schule ging, drüben in Deutschland, da kannten wir die Aleuten und die Behringstraße besser als unsere eigenen Städte und unsere eigenen Gassen!"

„Es vergingen viele, viele Menschenalter, ohne dass sich eine Gesandtschaft sehen ließ", fuhr der ‚junge Adler' fort. „Die Verbindung blieb unterbrochen."

„Konnte man nicht versuchen, sie wieder anzuknüpfen?" fragte meine Frau.

Der Gefragte lächelte trübsinnig.

„Von unserer Seite geschah nichts hierzu", antwortete er. „Wir waren ja Rote! Wir waren Indianer! Wir wollten glücklich und selig sein, doch ohne Mühe und Anstrengung. Das hielten wir für unser gutes Recht. Ein erkämpftes Glück war uns zu teuer.

Wir glaubten, es billiger haben zu können. Wir ahnten nicht, dass der große, allweise Manitou uns prüfte, dass das Ausbleiben der Gesandtschaft von ihm verordnet war, um uns aufzurütteln und zur eigenen Tätigkeit zu spornen. Unsere Ahnen aber regten sich nicht; sie blieben sitzen. Sie hatten keinen Dank für das Gesetz von Dschinnistan. Sie hatten keine entgegenkommende Tat für Manitou, für die Königin Marimeh, für die Erhaltung ihres Paradieses, ihrer Seligkeit, ihres Glückes. Das ist die große, die unverzeihliche Sünde unserer Ahnen, deren Folgen wir zu tragen haben bis auf den heutigen Tag!"

Aus: Winnetou IV. Freiburg 1910.

Editorische Notiz

Die in dieser Anthologie enthaltenen May-Texte folgen jeweils der ersten Buchveröffentlichung. Dabei erheben die Textfassungen keinen philologischen Anspruch. Soweit das äußere Bild der Erstfassungen für den Leser unserer Zeit ungewohnt angemutet hätte, erfolgte eine Modernisierung. Dies betrifft insbesondere extrem überholte Schreibweisen wie „Thor“, „nöthige“, „compacte“, „ächte“. In diesem Sinne wurde auch die Verwendung von „ß“ und „ss“ den aktuellen Rechtschreibregeln angepasst. Um die eigene ‚Atmosphäre‘ der ersten Buchveröffentlichungen erlebbar zu machen, wurden jedoch manche Eigenheiten in Orthographie und Interpunktion belassen. Im Hinblick auf den Anspruch dieser Publikation, ein ästhetisch anspruchsvolles ‚Märchenbuch für Erwachsene‘ zu sein, wurden die Originalfußnoten Karl Mays nicht übernommen. Dort, wo diese zum Verständnis des Textes erforderlich sind, wurden die entsprechenden Erläuterungen in Klammern hinter den erklärungsbedürftigen Begriff gesetzt.

Originaltitel der Fotografien von Timm Stütz

10	Gosautal, Österreich 1994
12	Erinnerung an den 13. Februar, Dresden 2012
18	Aymara, Titicaca, Peru 2008
22	Felsengrab, Peru 2008
26	Fronleichnam, Krakau 2016
30	Taverne, Krakau 2016
34	Maca, Colca Canyon, Peru 2008
38	Machu Picchu 2008
43	Allerheiligen, Stettin 1981
50	Der Papst spricht, Stettin 1987
54	el condor pasa, Peru 2008
62	Sixtinische Madonna, Dresden 2013
70	Abflug vom Kasprowy, Polen 2006
75	Taquile, Titicaca, Peru 2008
76	Berlin 1989
82	Krakau 2016
86	Saqsaywaman, Peru 2008
87	Machu Picchu 2008
90	Islas Ballestas, Peru 2008
95	Raqchi, Viracocha Tempel, Peru 2008
98	Machu Picchu 2008
110	Vulkan Misti, Peru 2008
114	Landebahn der Außerirdischen, Nazca, Peru 2008
124	Taquile, Titicaca, Peru 2008
128	Nazca, Peru 2008
134	Katowice 2007
140	Vatikan 2013
149	Fantastische Fotografie 1989
152	Weichselinsel 1987
157	Żebrowski-Ausstellung, Stettin 2016
162	Rilke-Saal, Englar in Eppan, Südtirol 2006
169	St.Prokulus, Fresko, Südtirol 2006
172	Hardangerfjord 2002
178	Matterhorn im Riffelsee 2005
182	Das Heilige Urubambatal, Peru 2008
185	Aymara, Taquile, Titicaca, Peru 2008
188	Der Darß 1996
Umschlagfoto	Das Heilige Urubambatal, Peru 2008

Hartmut Wörner (* 1962 Sindelfingen) ist Verwaltungsjurist im Ministerium für Wissenschaft, Forschung und Kunst Baden-Württemberg und Karl-May-Forscher. Er ist seit 1977 Mitglied der Karl-May-Gesellschaft und hat viele Aufsätze zu Karl May in Publikationen der KMG veröffentlicht. Seit dem 3. Oktober 2015 ist er Geschäftsführer der KMG. Er veröffentlichte 2015 eine Monographie zu Karl May und Hermann Hesse und gab 2017 die May-Anthologie ‚Das Ross der Himmelsphantasie' beim Karl-May-Verlag heraus.

Timm Stütz (*1938 Dresden) ist freischaffender Fotograf, Publizist und Übersetzer. Seit 1983 Mitglied der Stettiner Fotografischen Gesellschaft und deren mehrfacher Präses. Erhielt 1993 den Titel Artiste und 2001 Excellence der Fédération Internationale de l'Art Photographique. Seit 2002 Mitglied im Polnischen Foto-Künstler-Verband. 2003 Ehrenmitglied der Stettiner Fotografischen Gesellschaft. Gab über zwei Dutzend vorwiegend Foto-Publikationen heraus, zuletzt das Album „Zeesenboote - braune Segel pommerscher Boote" bei Walkowska Stettin, das Tagebuch „Gute Nacht Polen", das Album „Peru.fotografie.legenden.tagebücher" sowie den Essay-Band „Helene.späte erzählungen.frühe gedichte" beim Engelsdorfer Verlag.